VATER UNSER

Die Fälle des Major Joschi Bernauer
Band 4

Autorin:
Ingeborg Mistlberger ist Verfassungsjuristin und begeisterte Bridgespielerin. Sie studierte Rechtswissenschaft und Katholische Theologie in Linz/Donau. Bekannt wurde sie mit der Vorstellung ihres ersten Romans „Mörderischer Kontrakt, Die Fälle des Major Joschi Bernauer" auf der Leipziger Buchmesse 2016, die das Interesse von Fernsehen und Presse nach sich zog.

Ingeborg Mistlberger

VATER UNSER

Die Fälle des Major Joschi Bernauer
Band 4

Kriminalroman

Bibliographische Information der Deutschen Nationalbibliothek
Die Deutsche Nationalbibliothek verzeichnet diese Publikation in
der Deutschen Nationalbibliografie, detaillierte bibliografische
Daten sind im Internet über http://dnb.dnb.de abrufbar.

© 2019 Ingeborg Mistlberger
Herstellung und Verlag
BoD - Books on Demand, Norderstedt
ISBN 9783749433339

Personen der Handlung

Major Dr. Joschi Bernauer, Leiter der Mordkommission Salzburg

Hofrat Dr. Sassmann, Polizeipräsident Salzburg

Major Dr. Markovsky, Leiter der Mordkommission Linz

Dr. Bertram Gschwandtner, Rechtsanwalt in Salzburg

Mechthild Gschwandtner, Ehefrau Bertram Gschwandtners

Dr. Albert Gschwandtner, Rechtsanwalt, Sohn von Bertram G.

Mag. Roman Gschwandtner, Privatier, Sohn von Bertram G.

Adelaide (Ada) Gschwandtner, Privatier, Tochter von Bertram G.

Josefine Krenn, Haushälterin im Hause Gschwandtner

Mathilde Donnersmark, Freundin der Familie, Bad Ischl

Richard Ferber, Galeriebesitzer in Salzburg

Edmund Hirschler, Bilderrestaurator

Mag. Anton Krüll, Kunstsachverständiger

Pater Paulus, Stift Zell bei Linz, Bridgespieler

Giorgio di Angelo, Präsident des Südtiroler Bridgeverbandes

Klaus Lehmann, Ludwig Zenato, Kunststudenten, Salzburg

Professor Elvira Rosner, Zeugin aus Zell bei Linz

Entsetzt trat der Fahrer das Bremspedal durch und riss den schweren doppelstöckigen Reisebus nach links, doch der dumpfe Stoß, der wie Donner durch sein Gehirn splitterte, zerstörte jede Illusion.

Die bedauernswerte Frau, die eine Tür des am Straßenrand parkenden silbernen Sportwagens aufgerissen hatte und schreiend auf die Straße gelaufen kam, war unter die Räder seines Fahrzeuges geraten.
Geschockt sprang der Mann von seinem erhöhten Sitz, aber was er dann zu sehen bekam, schloss jede Hoffnung aus. Der rechte vordere Reifen des Reisebusses hatte Kopf und Oberkörper der Frau erfasst und überrollt.
Da sich der Unfall vor der gut besuchten Autobahnraststation Walserberg zugetragen hatte, gab es auch jede Menge an Zeugen, die nun erschrocken und lautstark den Fall kommentierten.
Absolut unverständlich war es aber allen, dass die Verunglückte, die sich völlig allein im Wagen befand, so unkontrolliert die Autotür aufgerissen hatte und auf die Fahrbahn gelaufen war. Was konnte sie denn derart erschreckt haben?
Bis das Unfallkommando eingetroffen war, hatten sich nicht nur die Gäste des Reisebusses mitsamt den Zeugen zu einem Ring um die Stätte des schaurigen Geschehens geschart, auch die Insassen stehengebliebener Fahrzeuge drängten sich in die Menge, um ihre Chance nicht ungenutzt zu lassen, aus nächster

Nähe einen Blick auf das spannende Schauspiel zu werfen.

Leider hatten dadurch Polizei und Rettung beträchtliche Mühe, die stur gaffende Menge auseinander zu treiben.

Die Papiere der Toten befanden sich in ihrer Tasche, also konnte sie identifiziert werden, das Gesicht war unkenntlich geworden.

Mechthild Gschwandtner war die Gattin eines bekannten Salzburger Rechtsanwaltes gewesen, die in ihrer Jugend als Springreiterin beachtliche Erfolge gefeiert hatte. Sportbegeisterte kannten sie auch noch weiterhin als dem Reitsport treu gebliebene Trainerin.

Zurzeit war sie auf dem Weg nach München gewesen, wo man sie zu einer geschäftlichen Besprechung erwartet hatte. Wieso sie dann bereits am Walserberg abgefahren und in Panik aus dem Wagen geflohen war, schien ein merkwürdiges Rätsel zu sein. Mechthild Gschwandtner befand sich nämlich ohne Begleitung im Fahrzeug, Radio sowie Fernsprechanlage waren außer Betrieb und vermutlich wollte sie ihren Wagen auch nur kurzfristig vor dem Restaurant anhalten.

Dem Vernehmen nach war sie eine nervenstarke Frau gewesen, hatte keinerlei Probleme finanzieller oder gesellschaftlicher Art gehabt und auch die Obduktion förderte kein irgendwie zweckdienliches Indiz zu Tage.

Adelaide Gschwandtner legte ihre Kopfhörer zur Seite und räkelte die verspannten Schultern. Sie erhob sich, griff nach dem nahestehenden Rollator und steuerte damit auf die Dachterrasse vor der gläsernen Wand auf der Ostseite ihres luxuriösen Wohnzimmers im obersten Geschoß des würdigen alten Salzburger Bürgerhauses zu.

Hier standen im Schatten des weißen Sonnensegels gemütliche Korbstühle um einen Glastisch, den sie gegen den Spieltisch tauschte, wenn sie ihre Freundinnen zu einer lustigen, privaten Bridge-Runde einlud. Ein gut bestückter Kühlschrank und eine Berieselungsanlage verbargen sich diskret hinter riesigen Zedern in tönernen Pflanzenkübeln.

Alles hatte bei Adelaide seinen festen Platz und besonders die unverzichtbare Kaffeemaschine, samt unzähligen bunten Kapseln im Körbchen, musste sich unbedingt immer in Griffnähe befinden.

Sie lehnte sich leicht über die gläserne Balkonbrüstung. Hier wollte sie nur einfach die Ruhe genießen und dabei die angenehm kühle Brise, die vor einigen Minuten aufgezogen war, an Haar und Gesicht fühlen.

Glücklicherweise hatte der Zahnarzt, den sie eigentlich heute aufsuchen sollte, den Termin abgesagt, sodass sie nicht gezwungen war, bei der herrschenden Hitze dieses Tages im stockenden Verkehr der Stadt zu brüten.

Von ihrem luftigen Standort aus konnte man weit über die Dächer der Häuser hinweg bis auf die grünen Hügel am Rande der Stadt sehen. Dies war ein Anblick, der Adelaide stets fröhlich stimmte und den sie zu allen Tageszeiten genoss.

Den leicht gesenkten Kopf bewegungslos dem kühlenden Luftzug zu überlassen brachte ihr stets den höchsten Genuss, denn dann hob der Wind ihr Haar und ließ es gegen den Himmel flattern, wie eine Fahne.

Sie schloss die Augen, atmete tief ein, wurde merklich ruhiger und fühlte sich angenehm entspannt.

Einige Minuten wunderbaren Friedens ließ sie verstreichen, dann öffnete sie langsam die trägen Lider und nun fiel ihr Blick auf den Straßenrand tief unter der Brüstung und das klobige schwarze Fahrzeug, das dort ziemlich auffällig postiert worden war. Obwohl sie die Augen schärfend abwechselnd zukniff und den Kopf hin und her wandte, sie konnte das Nummernschild auf diese Entfernung nicht entziffern.

Sollte das möglicherweise der Wagen des Restaurators sein, den ihr Vater, Dr. Bertram Gschwandtner, Seniorpartner einer gediegenen Rechtsanwaltskanzlei in Salzburg, kontaktiert hatte, um das Bild in seinem Arbeitszimmer einer gründlichen Auffrischung unterziehen zu lassen?

Merkwürdig gewählt wäre allerdings der Zeitpunkt, da sich weder einer ihrer beiden Brüder, noch ihr Vater im Haus befanden und mit ihr selbst war heute ebenfalls nicht zu rechnen gewesen.

„Wenn nötig, wird er sich schon bemerkbar machen", dachte sie und ließ sich bequem in einen Sessel sinken, denn sie wollte jetzt nur noch gemütlich und ungestört ihren Kaffee trinken und so gab sie sich der angenehmen Beschäftigung hin, eine passende Kapsel auszusuchen.

Den Rest des Nachmittags verbrachte sie, wie immer, an ihrem Computer. Wenn die Bezeichnung des Computer-Freaks auf jemanden zutraf, so war es Adelaide. Es gab nichts und niemand, dem sie nicht auf die Spur gekommen wäre, keinen Fehler, den sie nicht gefunden und behoben hätte, ihre wahre Bestimmung wäre vermutlich schlicht und einfach geniales Computer-Hacking gewesen.
Aber dies oder ähnliches wäre durch den Erziehungsstil ihres Vaters, der diktatorisch ihr gesamtes Leben beherrschte, ohnehin ausgeschlossen gewesen.
Während auf Gesundheit und Ausbildung ihrer Brüder jegliche Sorgfalt aufgewandt worden war, hatte man die siebenjährige Adelaide nach einem schweren Reitunfall, bei dem sie beinahe beide Beine verloren hatte, in Gips gelegt, aber nicht operieren lassen. Ein Mädchen, entschied der Vater, brauche man diesen Torturen nicht auszusetzen, es werde ohnedies weiterhin in seinem Haus verbleiben und standesgemäß versorgt werden.
Da sich Adelaides Beine nun nicht mehr wachstumsgerecht entwickelten, war sie auf den Rollstuhl, bei kleineren Entfernungen einen Rollator, angewiesen. Ihr Vater unterband jegliche Selbständigkeit, adaptierte zwar für sie die schöne Penthouse-Wohnung und ließ einen italienischen Sportwagen auf ihre Bedürfnisse umrüsten, aber sonst blieb sie weitgehend unbeachtet,

wie sehr sie sich auch um seine Aufmerksamkeit be-
mühte.

So galt nun ihre ganze Leidenschaft, neben ihrem
Computer, in erster Linie den Spielkarten, genau genommen diesen zweiundfünfzig, die für das schwierige
Bridgespiel unbedingt erforderlich sind. Hier konnte sie
ihre hervorragende mathematische Begabung ungehindert und unkommentiert ausleben.

Souverän bekleidete sie außerdem seit Jahren das
Amt der Vizepräsidentin eines eleganten privaten
Salzburger Bridge-Clubs über einem noblen Innen-
stadt-Cafe nahe der Getreidegasse und da der Präsident des Clubs, Hubert von Haugsdorf, zwar willig und
bemüht war, trotzdem aber den Computer anhaltend
und leidenschaftslos derart terrorisierte, dass er nie zu
vernünftigen Ergebnissen bei der Eingabe der Sitzlis-
ten und Auswertung der Turnierergebnisse kam, war
sie auf diesem Gebiet unangefochten die kompetente
und damit so ziemlich wichtigste Person des Clubs.

Adelaide hatte eben an der Übersetzung einer engli-
schen Studie über die biologischen Gärten von Prinz
Charles gearbeitet, als ihr Vater die Haussprechanlage
betätigte.

„Ist mein Bild aus dem Arbeitszimmer geholt worden?"
fragte er.

„Nicht dass ich wüsste."

„Waren Albert und Roman im Haus?"

„Ich denke nicht", antwortete sie, „jedenfalls hat sich
keiner von ihnen bei mir blicken lassen."

Daraufhin lenkte Adelaide ihr Gefährt in den gläsernen Lift, der alle Etagen des Hauses miteinander verband, und kam eben aus dem Fahrstuhl, als Roman, der jüngere ihrer Brüder, das Haus betrat.

Er hatte den Nachmittag auf dem Golfplatz verbracht und Albert, der ältere Sohn, hielt sich noch in der Kanzlei des Vaters auf.

Einem Blick ins Arbeitszimmer des Anwalts bot sich jetzt nur noch eine rechteckige hellere Fläche an der Seidentapete hinter dem Schreibtisch.

Wo war also das antike Ölbild geblieben, das immerhin einen beträchtlichen Wert in der umfangreichen Sammlung des Hausherrn darstellte? Keines der Familienmitglieder und auch die Haushälterin Josefine Krenn hatten dafür eine Erklärung, allerdings trat Josefine ihren Nachmittagsdienst im Hause Gschwandtner immer erst um achtzehn Uhr mit der Zubereitung der Abendmahlzeit an.

Denkbar war jetzt nur, dass das Bild gestohlen wurde, als Adelaide nachmittags auf der Terrasse gesessen hatte. Die Eingangstür stand, als Gschwandtner Senior zu Hause eintraf, spaltbreit offen, die Schlösser der Tür waren unbeschädigt. Und das wertvolle Bild aus dem siebzehnten Jahrhundert war auf rätselhafte Weise verschwunden.

Dabei war mit einem Restaurator vereinbart gewesen, dass das Gemälde in den nächsten Tagen besichtigt und abgeholt werden sollte, aber keinesfalls am heutigen Nachmittag.

Dr. Gschwandtner griff zum Handy und informierte die Polizei.

Als kurze Zeit später auch der ältere Sohn Albert eingetroffen war, trug die Haushälterin das Abendessen auf und damit konzentrierte sich das Interesse der Männer automatisch auf Adelaide.

„Ich habe lediglich einen schwarzen Wagen am Straßenrand gesehen, rein zufällig, und gehört habe ich auch nichts, weder vor noch im Haus", sagte sie.

„Wann ist denn dieser schwarze Wagen wieder verschwunden?" wollte ihr Vater wissen.

„Keine Ahnung", antwortete sie, „wenn ich derartiges geahnt hätte, wäre ich natürlich hinuntergefahren."

„Gut, dass Du, wie immer, kein Interesse an den Belangen des Familienlebens gezeigt hast", stellte ihr Bruder Albert kaltschnäuzig fest. „Wenn Du zu Schaden gekommen wärst, hätten wir Deinetwegen noch ein zusätzliches Problem gehabt."

In der Folge ging man nun allerlei Spielarten durch, wie dieser freche Diebstahl stattgefunden haben könnte, und obwohl man das Eintreffen eines Polizeibeamten erwartete, bestand Gschwandtner auch heute auf dem täglichen Abendritual. Zum Dessert wurden Kuchen und Kaffee im Wintergarten serviert und erst hinterher war es den Familienmitgliedern erlaubt sich zurückzuziehen.

Nun hegten zwar die Geschwister eine tiefe Abneigung gegen das schwarze Gebräu, das nach dem Geschmack des Vaters bereits mit Rohrzucker versetzt und extra von Josefine nach seinem Rezept zubereitet wurde, nahmen aber widerspruchslos an der täglichen Zeremonie teil, wobei es lediglich Adelaide gelang, das Gebäck samt dem bittersüßen Zeug mit freundlichem Lächeln hinunterzuwürgen. Sie brachte es einfach wie immer nicht fertig, den Vater zu kränken.

Rohrzucker sei für die Nerven gesund, aber Milch zum Kaffee, hatte er entschieden, wäre ungesund, da sie die empfindlichen Magenwände angreife. Diese Weisheit hatte er seinerzeit aus Peru mitgebracht, wo, seinen ausführlichen Schilderungen nach, die ärmere Bevölkerungsschicht ihre Säuglinge mangels unbezahlbarer Milch mit reinem Kaffee aufziehen würde, und zwar ohne jeden Nachteil für die Gesundheit der Kinder, im Gegenteil.

Da es sich bei Dr. Bertram Gschwandtner um ein prominentes Mitglied der Salzburger Gesellschaft handelte, erschienen, trotz der späten Tageszeit, noch zwei uniformierte Polizeibeamte, besichtigten den Tatort und nahmen die Anzeige auf.

Zwei Tage später war natürlich der Diebstahl des Ölbildes beim abendlichen Bridgeturnier das Thema des Tages, beinahe schien es, als hätten sich sämtliche Bridge-Spieler Salzburgs in Dr. Joschi Bernauers Club eingefunden, um nur ja kein Detail des unglaublichen Vorkommnisses zu versäumen.

Richard Ferber, Besitzer einer noblen Salzburger Kunstgalerie, fixer Bridge-Partner von Adelaides Bruder Roman und Berater Dr. Bertram Gschwandtners beim An- und Verkauf von Kunstgegenständen, wollte es nicht glauben.

„Wie ist denn so etwas möglich, Bertram? Die Sicherheitstüren und dann dazu noch Adelaide im Haus."

„Ada hielt sich in ihrer Wohnung im Penthouse auf, da hört und sieht sie kaum, was unten an den Türen geschieht. Jemand muss über den Zaun geklettert und durch das offene Dachfenster der Garage eingestiegen sein, verschwinden konnte er von innen natürlich völlig ungehindert durch die Tür. Wer denkt aber auch an so etwas und schaltet am helllichten Tag und mitten in der Stadt die Alarmanlage ein?"

Major Joschi Bernauer, der an diesem Abend der Bridgepartner Bertram Gschwandtners war, beglückwünschte sich als Leiter der Salzburger Mordkommission im Stillen, dass Adelaide den Dieb nicht bei seiner Tätigkeit überrascht hatte.

„Das verlief ja noch einigermaßen glimpflich, Bertram" sagte er, „wäre Ada dem Dieb in die Hände gelaufen, wer weiß, was geschehen wäre. Überraschte Täter tun oft die unglaublichsten Dinge und sie hätte sich ja auch kaum zur Wehr setzen können. Ein Bild kann man ersetzen."

Bertram Gschwandtner nickte offensichtlich umständehalber, aber freudlos und Bernauer hätte schon rein gefühlsmäßig Gschwandtners ehrliche Zustimmung nicht bezeugen wollen.

Zwei Wochen waren seither vergangen, von dem Gemälde als auch vom Täter fehlte jede Spur, aber dies war noch nicht alles. Im privaten Refugium der verstorbenen Mechthild fehlte, jetzt erst bemerkt, ein kleines Original von Tintoretto, das in einer Fensternische neben ihrem Schreibtisch gehangen hatte. Wann war es verschwunden? Nur die Haushälterin Josefine glaubte sich dunkel erinnern zu können, das Bild bereits vor einigen Wochen nicht mehr gesehen zu haben, als sie mit Frau Gschwandtner die neuen Vorhänge drapiert hatte.

Mechthild mochte Manierismus nicht besonders und hatte das Gemälde auch nur wegen seines beträchtlichen Wertes aufgehängt, außerdem war es ein Geschenk ihres Vaters zur Geburt Adelaides gewesen. Das Bild sollte Ada an deren Hochzeitstag, aber spätestens an ihrem dreißigsten Geburtstag übergeben werden. Konnte Mechthild es abgenommen und irgendwo verstaut haben?

Es musste so gewesen sein, denn wegen des in diesem Raum untergebrachten Tresors und der kostbaren Bildersammlung von Hermann Nitsch hatte Mechthild ein Sicherheitsschloss an der Tür anbringen lassen und dieses war absolut unversehrt.

Auch der Restaurator war ratlos.

„Ich hätte mich vor einem Besuch im Hause Gschwandtner auf alle Fälle telefonisch gemeldet und über einen Tintoretto wurde überhaupt nie gesprochen", sagte er.

Als dann später das Testament der tödlich verunglückten Mechthild Gschwandtner verlesen wurde, rechnete auch niemand mit etwaigen Überraschungen, da die Familie die Dispositionen Mechthilds hinlänglich kannte.

Zusätzlich gab es auch noch eine Schenkung auf den Todesfall für die Geschwister bezüglich des drei Hektar umfassenden Grundstückes hinter dem Kapuzinerberg. Vorgesehen war zunächst der Umbau des darauf befindlichen kleinen Appartementhauses zu einem Reitstall gewesen und der Beginn der Arbeiten war bereits für das nächste Jahr geplant.

Wie sich dann anlässlich der Testamentseröffnung herausstellte, hatte Roman das vorige Interesse an dem Projekt bereits verloren. Er hätte ein lukrativeres Angebot bekommen, wo er mit dem von der Mutter ererbten Geld in die Adaptierung eines Golfplatzes einsteigen könnte, erklärte er. Darin sah er als Profigolfer für sich auch die weitaus besseren Chancen.

„Das ist ja kompletter Unsinn", tat Bertram Gschwandtner diesen Plan ab, „es gibt doch bereits viel zu viele Golfplätze und man buhlt sogar schon um jedes Mitglied. Heutzutage genügt es für die Platzreife völlig, dass ein Möchtegernspieler den Golf- von einem Fußball unterscheiden kann."

„Wir denken natürlich an einen elitären Club, bei dem uns bereits die Eintrittsgebühr Krethi und Plethi vom Leib hält" wagte Roman zu widersprechen.

„Man wird also standesgemäß entre nous sein."

„Vater", mischte sich nun ziemlich unerwartet Adelaide, die sonst immer auf Seiten ihres Vaters stand, ein.

„Ich glaube Roman hat Recht. Wenn er sich wirklich nicht beteiligen will, werden Albert und ich nicht in der Lage sein, unsere Pläne zu verwirklichen, er ist schließlich Miteigentümer von Mutters Grundstück."

„Er wird sich beteiligen", sagte Gschwandtner bestimmend, „dafür werde ich sorgen."

„Wird er nicht", gab Roman aufsässig zurück, „ich erkläre mich hier und jetzt bereit, auf meinen Teil des für mich wertlosen Grundeigentums zu Adas Gunsten zu verzichten. Dafür erwarte ich allerdings, dass sie mich in meinem eigenen Vorhaben unterstützt und mir in Geschäftsdingen zur Seite steht."

„Du bist nicht bei Verstand", donnerte der Vater, „womit soll Dich denn Adelaide unterstützen? Mit dem Computer? Mutters Geld wird sie ja für den Bau des Reitstalls bis zum letzten Cent selbst benötigen."

Auch Bruder Albert schien dieses Vorhaben nicht glücklich zu machen, stand er doch plötzlich unparitätisch und somit ziemlich schutzlos als Dritteleigentümer seiner Schwester gegenüber.

„Ich habe mich entschieden", sagte Roman, „wenn niemand meine kleine Schwester ernst nehmen will, ich tue es und verlasse mich auf sie."

„Bitte", sagte Adelaide peinlich berührt, „ich möchte nicht Anlass für ein Zerwürfnis in der Familie sein, auch wenn ich Romans großzügiges Angebot gerne annehmen möchte. Auf jeden Fall würde ich dafür sorgen, dass er in der Folge keinesfalls zu kurz kommt."

„Dann werft Euer Geld eben zum Fenster hinaus, aber erwartet von mir keinerlei Unterstützung", sagte Bertram Gschwandtner wütend und zu seinem Kollegen, dem Notar gewandt, meinte er enttäuscht:
„Wenn Mechthild das noch erlebt hätte. Eine aufsässige Tochter und ein traumtänzerischer Nichtsnutz von Sohn. Schießt lieber mit Bällen auf Mäuse, anstatt ein einträgliches Ganzjahresgeschäft aufzuziehen."
„Aber Du hast doch noch Albert, der steht mit beiden Beinen im Leben und wird eines Tages die Kanzlei übernehmen", gab der Notar tröstend zur Antwort, aber es war nicht zu überhören, dass auch er die Ansicht seines Freundes Bertram teilte.
„Albert ist ein puritanischer Kleinkrämer und hat weniger Kunstverstand als ein Kohlkopf, was sollte er also mit einer wertvollen Bildersammlung wie der meinen anzufangen wissen?"
„Du fürchtest doch nicht etwa, er wird sie eines Tages zu Geld machen?" fragte der Notar und blätterte angelegentlich in seinen Papieren, streng bemüht, nicht mit Albert in Blickkontakt zu geraten.
„Er wird sie schneller als Du denkst in alle Winde zerstreuen."

In Bad Ischl verteilten sich die illustren Gäste zwanglos über die Terrasse und den Park des malerischen Besitzes am Ufer der lieblich plätschernden Traun.
Hier hatte Bertram Gschwandtner ein wunderbares Refugium ganz für sich allein geschaffen, nur umgeben von diesem herrlichen Park und seinen Schätzen,

die er im Laufe vieler Jahre mit Liebe, unterstützt von seinem Freund und Galeriebesitzer Richard Ferber, für teures Geld erworben hatte.

Ende des neunzehnten Jahrhunderts aus widerstandsfähiger kanadischer Pechkiefer gezimmert, war sein Haus mit den von massiven Erkern und Türmchen unterbrochenen Fassaden das beeindruckende Sommerschloss eines betuchten Wiener Großbürgers gewesen, bevor es Bertram Gschwandtner von dessen Erben erworben hatte. Immer wieder blieben Gäste des geschichtsträchtigen Kurortes Bad Ischl, die den romantischen Soleweg nach Laufen zu Sport und Entspannung nutzten, vor diesem sensationellen Bauwerk stehen, um es staunend zu betrachten.

Heute hatte Gschwandtner Senior seine Freunde zu einem Freiluftkonzert geladen, für das sich ein Ehrengast des Kurortes, Götz Alsmann, bereit erklärt hatte, den herrlichen Bechsteinflügel aus der Manufaktur Seifhennersdorf, den Gschwandtner vor kurzem erworben hatte, sozusagen konzertant aus der Taufe zu heben.
Kleine runde Tischchen samt Stühlen scharten sich auf dem Rasen vor dem weißen Podest, auf dem das Klavier stand und es dauerte einige Zeit, bevor Götz Alsmann mit seiner Genialität den Flügel beleben konnte, denn alle Gäste, die den beliebten Musiker und Entertainer von Film und Fernsehen her kannten, waren eif-

rig bemüht, privat eine kleine Unterhaltung mit ihm zu führen.

Nachdem ungefähr eine Stunde später Alsmann die Hände von den Tasten genommen hatte, brandete der Beifall nicht nur im noblen Park vor der Villa auf. Auch auf der schmalen Straße entlang des Soleweges hatte sich Publikum angesammelt, da viele Kurgäste diese herrliche Anlage zu einem Abendspaziergang nutzten. Andere wieder kamen aus dem Garten des nahe gelegenen Kassen-Kurheimes in den Genuss dieses Open Air-Konzertes.

Erst als sich der Künstler für den Beifall mit einer Zugabe bedankt hatte und wieder etwas Ruhe eingetreten war, stieg Dr. Bertram Gschwandtner auf das Podium und bat die Anwesenden um Gehör.

„Liebe Gäste", sagte er, „jetzt, wo wir alle noch unter dem Eindruck dieses musikalischen Genusses stehen, möchte auch ich der Kunst ihren Tribut zollen. Nach reiflicher Überlegung und durch diese wunderbare künstlerische Darbietung gefestigt, freue ich mich, Ihnen allen meinen Entschluss, den ich wohlüberlegt getroffen habe, mitzuteilen."

Er hob beide Hände zu einer umfassenden Geste:

„Ich werde dieses mir lieb gewordene Refugium, mit allen seinen Kunstwerken, die es enthält, und die ich mit Liebe gesammelt habe, auf meinen Todesfall hin der Stadtgemeine Bad Ischl schenken. Es wird zwar die Gemeinde eine Stange Geld kosten, den Besitz intakt zu halten", grinste er, „aber so bin ich wenigstens sicher, dass dies alles auch nach meinem Ableben noch in den besten Händen ruht."

Einige Sekunden hätte man jetzt die berühmte Stecknadel fallen gehört, doch dann brauste donnernder Applaus auf. Bad Ischls und Salzburgs noble Gesellschaft beglückwünschte Bertram Gschwandtner einträchtig und beeindruckt, lobte seine Großzügigkeit und erhob immer wieder die Sektgläser auf seine Gesundheit.

Adelaide küsste ihren Vater und gratulierte ihm gerührt zu dem fürsorglichen Weitblick, mit dem er sie alle vor den Problemen fachlicher Art und überdimensionaler Ausgaben bewahren würde, die der Erhalt der Kunstobjekte mit sich bringen würde.

„Es macht mich sehr stolz", sagte sie, „dass durch diese Deine Stiftung der Name unserer Familie in ehrenvoller Erinnerung bleiben wird."

Die Söhne Albert und Roman bewahrten zwar ihre untadelige Haltung, schienen aber trotzdem in einen Zustand lähmenden Entsetzens verfallen zu sein.

Nach und nach begann sich dann ein Großteil der Gäste zu verabschieden, zurück blieben nur die Familienmitglieder sowie einige wenige aus dem engeren Freundeskreis Gschwandtners.

„Ihr fürchte, Ihr müsst mich jetzt entschuldigen, am Wasser beginnt es doch zunehmend kühler zu werden", erklärte Mathilde Donnersmark und zog fröstelnd die leichte Stola fester um ihre Schultern.

„Es war ein prachtvoller Abend", wandte sie sich an den Hausherrn, „herzlichen Dank dafür. Und Deine Entscheidung, Bertram, großartig. Hast Du Dich dabei an der seinerzeitigen Schenkung bezüglich der Robinson-Villa an die Gemeinde Bad Ischl orientiert?"

„Ja", sagte er, „und ich habe dafür weiß Gott meine Gründe."

Dann hüllte er Mathilde vorsorglich in sein Dinnerjacket.

„Ich begleite Dich noch zum Wagen. Er steht, glaube ich, draußen an der Böschung."

Im spärlichen Licht einer entfernten Straßenlaterne befand sich Mathildes Porsche jetzt zierlich und einsam hinter einem dunklen SUV von beachtlichem Ausmaß.

„Gut, dass Du mich begleitest", meinte sie mit leichtem Schaudern in der Stimme. „Mich gruselt es fast vor diesem Riesenmonster und dahinter dann auch noch das dunkle Gebüsch."

Rasch öffnete sie die Autotür, legte ihr Abendtäschchen auf den Nebensitz und fuhr entsetzt zurück.

„Bertram", rief sie hysterisch. „Ein Mann! Ein Mann lauert im Gebüsch auf der Beifahrerseite."

Gschwandtner, der bereits zurückgegangen und am Gartentor stehen geblieben war, kam eilig retour und sah ungläubig neben der erstarrten Mathilde durch das Seitenfenster des Wagens.

Im Gebüsch hockte tatsächlich ein männliches Wesen, allerdings konnte es nicht die Absicht gehabt haben,

Mathilde zu belästigen, denn der Mann war sichtlich nicht mehr am Leben.

Auch wenn seine Gesichtszüge grässlich verzerrt waren, es handelte es sich bei dem Toten ohne Zweifel um den Restaurator Edmund Hirschler, der das verschwundene Gemälde in Gschwandtners Haus in Salzburg und später den Bildbestand der Villa in Bad Ischl hätte begutachten sollen.

Die völlig geschockte Mathilde hatte sich nun zum Gartentor geflüchtet und schlotterte vor Kälte und Aufregung. Inzwischen waren auch die restlichen Anwesenden aus Villa und Garten zur Unglücksstelle geeilt und begannen den Fall fachmännisch zu diskutieren.

Bertram Gschwandtner, der in seiner Eigenschaft als Anwalt auch mit Ausnahmesituationen umzugehen verstand, ließ sich Romans Handy geben.

„Papa", sagte Adelaide, die vor dem offenen Tor zum Park stehen geblieben war, und zeigte auf den schwarzen SUV vor dem Porsche Mathildes. „Das ist der Wagen, den ich vor unserem Haus stehen sah, als das Bild gestohlen wurde."

„Rede keinen Unsinn", schnitt ihr der Senior das Wort ab „und jetzt bitte Ruhe, ich spreche mit der Polizei."

„Das dürfte der Wagen des Restaurators sein, vielleicht hat der Mann nach einem Medikament gesucht", sagte Roman, „er muss an Asthma gelitten haben, zumindest schien er sich zeitweise nicht wohl zu fühlen. Bevor er nämlich auf die Terrasse kam, zog er ein kleines Gerät aus der Tasche um daraus zu inhalieren.

Vielleicht war das Ding später leer und er wollte sich Ersatz aus dem Auto holen."

„Das fällt in die Zuständigkeit der Polizei", sagte Gschwandtner, „zur Zeit sind Spekulationen unangebracht. Du, Albert, fährst jetzt Deine Schwester nach Hause, Roman wird sich hier mit mir um die Notwendigkeiten kümmern."

„Vielleicht sollte ich Ada zurück bringen?" mischte sich Roman ein.

„Du bleibst", sagte der Vater, „wir haben noch zu reden."

„Aber", begann Adelaide, „meinetwegen muss..."

„Sofort habe ich gesagt", unterbrach sie Gschwandtner scharf, „dies ist nichts für die Augen einer Frau, alles andere hat Zeit bis morgen."

„Wenn Papa meint, schlafen werde ich aber trotzdem nicht können", insistierte Adelaide überraschend.

Kurz nachdem die Polizei eingetroffen war, kam auch der verständigte Arzt und anhand der Nummerntafel war nun festgestellt worden, dass es sich bei dem schwarzen SUV vor Mathildes Porsche tatsächlich um den Wagen des Restaurators Edmund Hirschler handelte.

„Wieso befindet sich der Tote dann nicht in der Nähe seines Fahrzeuges, sondern rechts neben dem fremden Wagen dahinter?" fragte einer der beiden Beamten.

Dazu konnte niemand Auskunft geben. Hirschler hatte sich nicht verabschiedet und somit gab es auch keinen

Anhaltspunkt, zu welchem Zeitpunkt oder Zweck er die Villa verlassen hatte. Es musste aber nach dem Konzert und dem Einbruch der Dunkelheit gewesen sein, sonst hätte es vorübergehende Zeugen gegeben oder einer der Gäste würde die Leiche bereits früher entdeckt haben.

Nachdem die Polizei Aufnahmen von dem Toten und dem Fundort gemacht hatte, veranlasste der beigezogene Arzt, dass Hirschler vorderhand ins Krankenhaus Bad Ischl gebracht wurde. Nach der Aufnahme der wichtigsten Daten war es bereits ziemlich spät geworden, also wurde der Rest für den nächsten Tag aufgeschoben und es schien schon zaghaft hell zu werden, als sich Bertram und Robert Gschwandtner auf den Heimweg nach Salzburg machen konnten.

Albert und Adelaide waren trotz aller Aufregung und einer längeren Debatte bereits zu Bett gegangen und so zogen sich Vater und Sohn nach ihrer Heimkehr ebenfalls zurück. Da es früher Samstagmorgen war, würde man sogar noch etwas Schlaf abbekommen, denn die Kanzlei Gschwandtners blieb am Wochenende regelmäßig geschlossen.

Viertel nach sieben erschien dann die Haushälterin in der Salzburger Villa, um das Frühstück vorzubereiten. Im Haus war es noch völlig ruhig, aber aus dem Arbeitszimmer Bertram Gschwandtners fiel bereits ein schmaler Lichtstrahl durch den Spalt unter der Tür. Er, der in der Familie den wenigsten Schlaf benötigte, hatte also schon wieder zu arbeiten begonnen und da es ihm bekanntlich verhasst war, morgens gestört zu werden, ignorierte Josefine wie gewöhnlich seine Anwesenheit. Außerdem benötigte er am Morgen ihre Dienste nicht, weil er sich vor der Benutzung der Dusche an der Espressomaschine, die neben seinem Schreibtisch stand, den Kaffee selbst zubereitete. Zwei Kaffeekapseln und dazu zwei Löffel schwarzen Rohrzuckers erzeugten eine auch von Josefine als abscheulich empfundene, bittersüße Brühe.

Die Haushälterin ging also vergnügt in die Küche, genehmigte sich, ehe sie mit der Frühstücksvorbereitung für die Familie begann, zunächst selbst noch ein Tässchen aus der italienischen Espressomaschine, besserte mit einem Schluck alten Cognacs auf und warf einen Blick in die Zeitung aus dem Briefkasten.

Gegen neun Uhr kam dann Albert herunter, bestellte sein Frühstück und gleich darauf fanden sich Adelaide und Roman ein.

Natürlich wurden bei Tisch jetzt ausgiebig die Ereignisse der letzten Nacht durchleuchtet und auch mutmaßend diskutiert. Wieso sollte der Wagen des Restaurators beim Verschwinden des Ölgemäldes in Salzburg vor Gschwandtners Haus gestanden sein? Hatte der Mann an diesem Nachmittag vielleicht das Bild gestohlen, da er niemanden im Haus vermutete? Aber, wieso sollte er von dieser Möglichkeit ausgegangen sein? Außerdem, war denn Restaurator Hirschler rein körperlich in der Lage gewesen, selbst über den Zaun zu steigen und durch die Garagenluke zu klettern?

Schwer vorstellbar bei seiner Kurzatmigkeit, aber wie kam sonst sein Wagen am Tag des Diebstahls vor das Haus der Gschwandtners? Dann warf sich noch zusätzlich die Frage auf: Was hatte Hirschler in der Ischler Villa so in Atemnot versetzt und warum war er später wortlos zu seinem Fahrzeug gegangen, wo er einen weiteren schweren Anfall nicht überlebte? Warum benutzte er nicht überhaupt seine Spraydose oder wechselte den Inhalt aus und warum hockte er schließlich von der Straße her nicht einsehbar gut zwei Meter hinter seinem Wagen, eingezwängt zwischen das Gebüsch und die Seitenwand von Mathildes Porsche?

Gegen zehn Uhr war es dann unvermeidlich, man musste den Vater in seinem Arbeitszimmer stören. Schließlich sollte am Wachtposten in Bad Ischl die umfassende Protokollaufnahme stattfinden, die Gästeliste vorgelegt und die Angelegenheit rekonstruiert werden.
Als dann die mit der Störung des Hausherrn beauftragte Haushälterin mehrere Male geklopft und keine Antwort erhalten hatte, zog sie die Tür vorsichtig einen Spalt breit auf und spähte in den Raum. Die Situation schien beunruhigend.
Bertram Gschwandtner kauerte im Sessel vor seinem Schreibtisch, die Beine merkwürdig gespreizt und die linke Schulter samt Arm und Kopf lagen in unnatürlicher Haltung auf der Lederunterlage der Tischplatte.
„Geht es Ihnen nicht gut, Herr Doktor?" fragte sie.
Als sie keine Antwort bekam, rief sie in den Wintergarten: „Dr. Gschwandtner fühlt sich nicht wohl, er antwor-

tet nicht und sitzt merkwürdig verkrümmt in seinem Sessel."

Albert stand als erster im Arbeitszimmer.

„Er ist tot", sagte er, „Vater ist tot."

„Er kann nicht tot sein", fuhr Adelaide dazwischen, „er braucht einen Arzt, schnell einen Arzt, er hat einen Anfall, es ist sein Vorhofflimmern."

„Nein", sagte Albert, „dazu ist es zu spät."

„Woher willst Du wissen, dass es zu spät ist", kreischte sie, „wie lange dauert es bis ein Arzt kommt? Tu endlich was, Du musst ihn beatmen, mach schon."

„Ada", sagte Albert begütigend, „niemand kann ihm mehr helfen, er muss seit Stunden tot sein. Also beruhige Dich, bitte."

Albert scheuchte die ungläubig stehengebliebene Haushälterin und Roman aus dem Zimmer, aber Adelaide wollte gegen jede Vernunft ihrem Vater immer noch zu Hilfe kommen. Mühsam versuchte Albert, die chaotische Situation in den Griff zu bekommen und rief über das Festnetztelefon im Arbeitszimmer Dr. Pils, den Hausarzt seines Vaters, herbei.

Dr. Pils, ein eleganter Herr, dessen Schläfen bereits ergraut waren, schob mit dem gleichen Respekt, den er auch dem Lebenden bezeugt hatte, seine Hand zwischen den verkrampften Arm und den Kopf Gschwandtners, ließ dann leicht zwei Finger über dessen Hals gleiten um das Kinn anzuheben und betrachtete die breite Spur von Erbrochenem, welche nun schon auf dem Schreibtisch eingetrocknet war. Schließlich zog er aus der Brusttasche seines eigenen

Jacketts ein dünnes Batisttüchlein und breitete es über das Gesicht des Toten.

„Ich kann den Totenschein nicht ausstellen", sagte er ernst, „wir werden die Polizei benachrichtigen müssen."

„Aber er hat doch einen Herzanfall erlitten?" fragte Albert verständnislos.

„Möglich", sagte der Arzt, „aber das allein kann es nicht gewesen sein. Mehr kann ich jetzt dazu nicht sagen."

Dann nahm er sein Handy und rief die Polizei.

Robert starrte wortlos auf die Szene vor seinen Augen und Adelaide versuchte wiederum, an Dr. Pils vorbei zu ihrem Vater zu gelangen. Der Arzt nahm begütigend ihre Hände in die seinen und hielt sie zurück.

„Adelaide", sagte er leise, „Du musst jetzt ganz stark sein, so wie Dein Vater dies von Dir erwartet hätte."

Adelaide brach in einen Weinkrampf aus.

„Jetzt habe ich niemanden mehr, Papa hat mich so geliebt und beschützt."

„Aber er würde auf keinen Fall wollen, dass Du jetzt die Haltung verlierst. Komm Ada, Eure Haushälterin bringt Dich zu Bett und ich werde Dir ein Beruhigungsmittel geben. Disziplin hat Dein Vater immer am meisten geschätzt."

Dr. Pils ging dabei wie gewohnt auf Adelaide ein, die zu seinen Patienten zählte, seit sie ein Kind gewesen und bereits damals an Intelligenz und Auffassungsgabe den beiden anderen schon weit voraus war.

Erst als Adelaide zu Bett gebracht worden war und Dr. Pils ihr eine Beruhigungsspritze verabreicht hatte, kam die Polizei.

Major Joschi Bernauer sah sich erstaunt in dem gediegenen Arbeitszimmer seines oftmaligen Bridgepartners um.

Der ausladende Schreibtisch und die schweren ledernen Sitzmöbel im Chesterfield-Stil wirkten beinahe zerbrechlich in diesem großen Raum, der durch das Sonnenlicht über die beiden Terrassentüren vollständig ausgeleuchtet wurde. Sofort ins Auge fallend präsentierte sich allerdings das helle Rechteck in der grüngestreiften Seidentapete hinter dem Schreibtisch. Hier musste das abhanden gekommene Bild gehangen haben.

Der Mann, der neben der Leiche stand, wandte sich an Bernauer:

„Sind Sie der leitende Beamte?" fragte er.

In knappen Worten berichtete nun der Arzt, dass Gschwandtner sein langjähriger Patient gewesen und er selbst vor etwa einer Stunde gerufen worden sei. Erst hätte er vermutet, die Todesursache sei Herzversagen gewesen, da Gschwandtner schon seit längerer Zeit unter Vorhofflimmern litt, jedoch bestimmter Umstände halber hege er den schweren Verdacht, dass der Mann durch Gift gestorben war.

Daraufhin gab Bernauer den Auftrag, sofort die Espressomaschine aus dem Arbeitszimmer Gschwandtners und die Kaffeetasse samt dem ganzen Zubehör für eine labortechnische Untersuchung sicherzustellen.

Nachdem die Spurensicherung ihre Arbeit beendet hatte, gaben Albert und Roman ihre Aussagen zu Protokoll, die lediglich im Zeitpunkt, zu dem sie ihren Vater zuletzt gesehen hatten, von einander abwichen. Nur Ada war durch die Beruhigungsspritze dazu vorerst nicht in der Lage.

Albert hatte seinen Vater das letzte Mal gesehen, bevor er in dessen Auftrag mit seiner Schwester den Besitz in Bad Ischl verlassen hatte und bei Roman war es so zwischen drei und vier Uhr früh gewesen, als sich beide umgehend in ihre Zimmer zurückzogen.

Die Haushälterin hatte Gschwandtner am Abend des vorigen Tages zuletzt gesehen, ehe sie nach dem Aufräumen der Küche nach Hause gegangen war.

Wenige Tage später hatte Bernauer den Obduktionsbericht in Händen.

Diesem zufolge trat der Tod Dr. Bertram Gschwandtners durch das Pflanzenschutzmittel „E 605 forte" ein, welches er ganz offensichtlich mit Kaffee zu sich genommen hatte. Das freie Intervall zwischen Initialstörung und Folgeerscheinung war jedoch, beschleunigt durch seine herzbedingten Beschwerden, nur sehr kurz. Also dürfte Gschwandtner beinahe unmittelbar nach der Einnahme des Giftes gestorben sein.

Unter Betrachtung der augenblicklichen Situation hatte sich also Bertram Gschwandtner, für den die Tageszeit keinerlei Rolle spielte, wie es seine Gewohnheit war, nach der Rückkehr aus Ischl an seiner Espressomaschine bedient.

Das Ergebnis der Spurensicherung sah dann allerdings ziemlich merkwürdig aus.

Gschwandtner benutzte zwar, wie gewöhnlich, zwei Kapseln für seinen Kaffee, doch weder diejenigen, die sich verbraucht in der Espressomaschine befanden, noch der Wassertank, noch das Innere der Maschine, die Tasse aus der er getrunken hatte, oder die Zuckerdose wiesen die leiseste Spur des Pflanzenschutzmittels auf und auch nicht der Rest der noch unbenutzten Kapseln im Körbchen.

Nur an dem unter dem Schreibtisch liegenden Kaffeelöffel konnte später eine winzige Menge „E 605 forte" sichergestellt werden.

„Gschwandtner müsste praktisch das Gift mit dem Löffel geschluckt haben", stellte Hofrat Sassmann, der zum Freundeskreis des Verstorbenen gezählt hatte, ungläubig fest, „das ist doch geradezu grotesk."

„Fest steht aber", sagte Bernauer, „dass er nicht gezwungen wurde, das Zeug zu schlucken, jedenfalls gibt es keinerlei Hinweise auf Gewalt. Aber auch ein Unfall ist äußerst unwahrscheinlich, denn „E 605" wird auf Grund seiner Gefährlichkeit absichtlich verbittert und hat eine unangenehm gelbliche Farbe. Es soll zwar eine Zeit lang als Modegift für Selbstmörder ge-

golten haben, aber jetzt ist es generell verboten und wahrscheinlich ließe sich das Ganze ohnehin nur in Verbindung mit sehr viel Flüssigkeit bewerkstelligen. Können Sie sich vorstellen, dass man das Zeug von einem Löffel schlucken kann?"
„Ich bezweifle schon, dass man das Ganze überhaupt in den Mund bringt."

Dr. Albert Gschwandtner war als erstes Familienmitglied vorgeladen und befragt worden.
„Gibt es bereits Fortschritte?" fragte er nach der Aufnahme der notwendigen Daten, „beziehungsweise, haben Sie schon einen Obduktionsbericht?"
„Ich habe ihn", sagte Bernauer, „bedauerlicherweise ist er nicht zufriedenstellend."
Albert Gschwandtner sah ihn fragend an.
„Der Tod Ihres Vaters ist durch die Einnahme von „E 605 forte" eingetreten und ich sagte bewusst Einnahme, weil es so aussieht oder aussehen sollte, als hätte er das Gift freiwillig mit einem Kaffeelöffel zu sich genommen."
Albert wurde blass, bewahrte aber trotz der ungeheuerlichen Behauptung seine Haltung.
„Wieso sagen Sie, es sollte so aussehen?"
„Weil Suizid auf diese Weise ziemlich undenkbar ist."
„Wie soll ich das verstehen?"
„Es handelt sich bei „E 605 forte" um ein hochgiftiges Pflanzenschutzmittel, welches man zur Vernichtung von Schädlingen benutzt und bei dessen Kauf man

sich zwingend ausweisen muss, beziehungsweise musste, denn die Verwendung ist bereits längst verboten. Hat sich Ihr Vater je gärtnerisch betätigt?"

„Er konnte bestenfalls Blattsalat von Krautköpfen unterscheiden."

„Dann hatte er auch keinerlei Verbindung zu Dingen des gärtnerischen Gebrauchs?"

„Ganz sicher nicht und bestimmt auch nicht das leiseste Interesse daran. Für den Garten haben wir Personal und ich bin davon überzeugt, dass keines unserer Familienmitglieder jemals den Geräteschuppen betreten hat. Sie wenden sich da vielleicht besser gleich an unseren Gärtner. Den Geräteschuppen werden Sie sich ohnehin bereits vorgenommen haben?"

Fragend sah er Bernauer an.

„Die Spurensuche ist eben damit beschäftigt, in Anwesenheit Ihrer Schwester natürlich."

Bernauer stand auf, schloss die Mappe, in der er geblättert hatte, und wechselte übergangslos das Thema.

„Wie war Ihr Verhältnis zu Ihrem Vater?"

Albert richtete sich auf.

„Im Prinzip, gut. Vater war kein Mensch, der sich Gefühlen hingab oder den Gefühlen anderer Bedeutung zumaß. Er hatte in der Regel seine eigenen Vorstellungen, die von allen respektiert wurden und zwar ausnahmslos."

Mit selbstgefälligem Lächeln fuhr er fort.

„Ich bin der älteste Sohn und übernehme jetzt die Kanzlei, wie es von Vater vorgesehen war, denn obwohl mein jüngerer Bruder ebenfalls Rechtswissenschaft studiert hat, liegen seine Interessen bedauerlicherweise anderswo."

Sein Missfallen wirkte allerdings etwas aufgesetzt.

„Wenn ich also die Dinge richtig sehe, werde ich in Sachen meines Vaters Ihr erster Ansprechpartner sein."

„Du bist ja mächtig bemüht, deinen alten Herrn zu imitieren", dachte Bernauer amüsiert, „nur könnte durchaus möglich sein, dass deine ganze Mischpoche, du mit eingeschlossen, in unmittelbarer Zukunft anwaltlichen Beistand benötigt."

„Wäre schon möglich", sagte er. „Wann haben Sie denn Ihren Vater zuletzt gesehen?"

„Das ist Freitag gewesen, so gegen Mitternacht vor unserer Villa in Bad Ischl. Mein Vater inszenierte ein Klavierkonzert mit Götz Alsmann auf der Terrasse unserer Villa, natürlich nur für geladene Gäste."

„Und Sie sind dann zusammen mit Ihrer Schwester nach Salzburg gefahren?"

Albert setzte die Miene des indignierten Anwalts auf, die offenbar andeuten sollte, dass hier seine kostbare Zeit unnötig verplempert wurde.

„So weit ich mich erinnere, habe ich Ihnen dies bereits gesagt."

„Dann erklären Sie es mir jetzt eben noch einmal. Also, wieso sind Sie nicht alle zusammen nach Hause gefahren?"

„Es gab einen Unglücksfall im Laufe des späteren Abends" sagte Albert abweisend, „ich habe meine Schwester heimgefahren, da es absolut unnötig war, auch sie damit zu behelligen."

„Ein Unglücksfall? Was ist geschehen?"

„Dies ist hier unbeachtlich, da es in keinerlei Zusammenhang mit Vaters Tod steht."

Langsam aber sicher wurde es Bernauer zu bunt.

„Ich habe Sie nicht um Beurteilung der Fakten gebeten, sondern nehme Ihre Aussage zu Protokoll. Als Anwalt kennen sie doch sicherlich die Folgen, wenn ich vermerke, dass Sie mit Absicht meine fallrelevanten Fragen nicht beantworten."

Diese deutliche Warnung brachte Albert dann doch wieder auf den Boden der Realität zurück, den er durch die bevorstehende Übernahme der respektablen Kanzlei seines Vaters offenbar zumindest kurzfristig verloren hatte.

„Wir haben einen Toten im Gebüsch neben dem Wagen einer der anwesenden Damen entdeckt" sagte er.

„Merkwürdigerweise hat es sich um einen Restaurator gehandelt, einen Bekannten meines Vaters, den er zur Begutachtung und Reinigung seiner Bilder zuziehen wollte.

Dieser Mann, ein Edmund Hirschler, wurde schon vor dem Konzert von einem Asthmaanfall geplagt und später dürfte er zu seinem Wagen gegangen sein, den er am Straßenrand vor unserem Grundstück geparkt hatte. Was er dort wollte, weiß niemand und auch nicht, was letztlich wirklich geschehen ist. Wir haben ihn nur zufällig leblos aufgefunden und mein Vater verständigte Arzt und Polizei. Auf Vaters Wunsch hin habe ich dann sofort meine Schwester nach Hause gebracht."

„Wie spät war es da?"

„Wir sind so zirka gegen ein Uhr in Salzburg eingetroffen und haben zur Beruhigung in der Küche noch eine Tasse Tee getrunken. Dann habe ich Ada in ihre Wohnung hinaufgebracht und bin selbst zu Bett gegangen. Ungefähr um neun Uhr früh habe ich mich dann mit meinen Geschwistern zum gemeinsamen Frühstück eingefunden und es war alles genau so, wie es sein sollte. Mehr wüsste ich wirklich nicht zu sagen.“

Albert hatte also seine Arroganz beiseite gelegt und war dabei, eine demonstrativ unaufgeregte Haltung zu zeigen.

„War da die Haushälterin bereits anwesend?“ fragte Bernauer.

„Natürlich, und Vater hielt sich im Arbeitszimmer auf, das wussten wir von Josefine, nur war es uns grundsätzlich nicht erlaubt, ihn unaufgefordert während seiner morgendlichen Tätigkeiten zu stören.“

„Später haben Sie es aber dann doch getan.“

„Es blieb uns auch nichts anderes mehr übrig. Um die Angelegenheit vom Vortag zu regeln war Vater natürlich die wichtigste Person.“

„Sie haben aber vorsichtshalber erst die Haushälterin damit beauftragt.“

„Sie konnte gut mit ihm umgehen.“

„Wohnt sie im Haus?“

„Nein, aber ziemlich in der Nähe.“

Bernauer griff zum Telefon und ließ sich mit dem Polizeiposten Bad Ischl verbinden.

Hier musste er allerdings erfahren, dass der Fall des toten Restaurators umständehalber an das Landeskriminalamt in Linz abgegeben worden war.

Unter diesem Aspekt gewann dieser sogenannte Unglücksfall, wie ihn Albert bezeichnet hatte, dann doch an einigem Interesse.

Dieser Tote war es also gewesen, der seinerzeit das gestohlene Bild im Salzburger Haus Gschwandtners besichtigen und restaurieren sollte.

Da war also das Gemälde in Salzburg abhanden gekommen, der Restaurator Hirschler wenige Wochen später in Bad Ischl tot aufgefunden worden und am Tag darauf starb dann der Auftraggeber, Dr. Bertram Gschwandtner, an Gift. Eine Kette von Vorfällen, die sich auf merkwürdige Weise zu bedingen schienen.

Vielleicht konnte Bernauer über seinen Freund und Leiter der Mordkommission in Linz, Dr. Markovsky, schon einiges mehr erfahren.

„Joschi", lachte Markovsky, „Du schießt wirklich schneller als die Preußen. Kaum habe ich eine Leiche, schließt Du schon mit der nächsten auf.

Obduktionsbericht habe ich zwar noch keinen, aber ich kann Dir einige, für Dich vielleicht interessante Informationen aus der Akte des Polizeipostens Bad Ischl bekanntgeben.

Bemerkenswert ist vielleicht, dass der Tote seitlich rechts neben einem Porsche, der hinter seinem eigenen SUV stand, gefunden wurde, obwohl der Mann wahrscheinlich nur gekommen war, sich ein Asthma-

Medikament zu holen, der Kofferraumdeckel seines Wagens stand bei Auffindung der Leiche noch offen. Allerdings war das Gebüsch, zwischen dem man ihn letztlich entdeckte, übermäßig zertrampelt, sodass die Vermutung besteht, der Mann habe sich nicht freiwillig dorthin bewegt. Möglicherweise wurde durch einen Gewaltakt sogar der Anfall ausgelöst, im Zuge dessen er erstickt ist.

Die Befragung der noch anwesenden Gäste brachte auch keine dienlichen Ergebnisse, da niemand gesehen hatte, wie sich Edmund Hirschler aus der Gesellschaft entfernte. Dass er aber an zeitweiligen Atemschwierigkeiten litt, war einigen von ihnen schon zuvor aufgefallen.

Nur, jetzt kommt erst der Clou", sagte Markovsky, „der SUV dieses Mannes wurde von Adelaide, der Tochter Gschwandtners, als derjenige identifiziert, der zum Zeitpunkt eines Bilddiebstahls vor einiger Zeit neben dem Haus der Familie in Salzburg gestanden hat. Wenn Hirschler der Dieb in Salzburg gewesen wäre, hätte er die plötzliche Atemnot in Bad Ischl womöglich überhaupt nur vorgetäuscht."

„Das ist allerdings ziemlich unwahrscheinlich", meinte Bernauer, „und der Einstieg über eine Fensterluke in der Garage der Gschwandtners erfordert eher eine ziemlich sportliche Verfassung. Wie alt war denn der Restaurator eigentlich?"

„Achtundsechzig", gab Markovsky zur Antwort. „Keine wirklich gute Voraussetzung für einen akrobatischen

Akt, wenn man Asthmatiker ist und es dazu noch eilig hat."

„Verständigst Du mich, wenn Du den Obduktionsbefund bekommen hast?"

„Ich brenne darauf Dir den Fall auf dem Amtshilfeweg abzutreten", grinste Markovsky zufrieden, „er passt ja geradezu maßgeschneidert in Deine idyllische Salzburger Familienaufstellung."

Für Roman Gschwandtner schienen die Vorgänge in und um seine Familie eher eine spannende Kriminalkomödie zu sein, die er genoss.

Dass Bertram seinen Sohn Roman als Versager und Roman seinen Vater als Spießbürger angesehen hatte, war für Bernauer kein Geheimnis. Nicht einmal bei den abendlichen Bridge-Turnieren im Club waren sie in der Lage gewesen friedlich miteinander auszukommen.

„Ich erinnere mich an keinen Fall", hatte der Senior einmal geäußert, „in dem Roman wenigstens einen Funken Verstand bewiesen hätte."

Dass sich die beiden auch nie als Spielpartner gegenübersaßen, war die natürliche Folge dieser signifikanten Wertschätzung und Roman hatte auch, obwohl er ebenfalls Rechtswissenschaft studiert hatte, noch keinen Tag in der Kanzlei seines Vaters verbracht.

Bevor Bernauer noch in der Lage war, selbst Fragen zu stellen, sprudelte Roman bereits los: „Götterdämmerung im Hause Gschwandtner, der Stoff aus dem die große Oper quillt."

Er schlug die Beine übereinander: „Wo soll ich anfangen?"

„Vielleicht ganz am Anfang, beim Tod Deiner Mutter. Was konnte geschehen sein, dass sie so panisch auf die Straße gelaufen kam?"

„Na ja, ich weiß es nicht, nicht die Bohne. Das alte Mädchen war nämlich überaus sportlich, hat weder getrunken, noch geraucht oder gefixt, tadellose Lebensführung und äußerst nervenstark. Hat mich sehr gemocht, das gute Ding."

Er wiegte nachdenklich seinen Kopf. „Wo da wohl der Haken gesessen ist?"

„Dein Vater war aber wesentlich weniger begeistert von Dir?"

„Wie denn auch? Wir waren alle nur Mittel zum Zweck, der unbeachtliche Tusch sozusagen, und Vater die geniale Pointe. Ich hatte allerdings den Vorzug, von ihm als sein spezieller Sargnagel betrachtet zu werden, wenn man das jetzt noch so sagen darf", gab er zu, „aber ich habe ihn natürlich auch bitter enttäuscht. Ein Golfprofi! Wie schäbig, wenn man doch die einträgliche Möglichkeit hätte, Diebsgesindel und Betrüger der vermögenden Klassen zu verteidigen."

Fröhlich zeigte er mit dem Finger auf sich selbst.

„Dabei sehe ich täglich die hübschesten Hintern, wenn sich die Mädchen um die Bälle bücken.

Vater dagegen hatte immer nur die fetten Ärsche der untadeligen Patrizier in ihren ergaunerten Kaschmirhosen vor Augen, die er mit Respekt und Umsicht zu beschützen hatte."

Bernauer konnte ein amüsiertes Lächeln nicht unterdrücken, er selbst bevorzugte zweifellos auch den Anblick der weiblichen Kehrseiten.

„Was nun das verschwundene Bild aus dem Arbeitszimmer Deines Vaters angeht, hast Du vermutlich auch keine Ahnung?"

„Ich war ja zum Zeitpunkt der Bildstürmung nicht einmal im Haus" grinste Roman, „habe nämlich den ganzen Nachmittag über Golfstunden gegeben. Mein Schwesterchen sitzt in ihrem Wolkenkuckucksheim und hört und sieht nichts, außer einem schwarzen Wagen auf der Straße und der soll ja jetzt auch noch dem Restaurator gehört haben. Nur, dieses bedächtige Männchen verfügte meiner Meinung nach bestimmt nicht über die körperliche Verfassung sich durch unsere Dachluke zu zwängen und wenn dieser Schelm dann seine Aktion noch dazu am helllichten Tag und mit dem eigenen Wagen starten wollte, wäre dies wohl der Gipfelpunkt der Dummheit gewesen. Ich halte das ganze jedenfalls für sehr unwahrscheinlich, vielleicht hat sich Ada ja auch geirrt."

„Kann sein", sagte Bernauer, „aber dann erzähl mir bitte ausführlich, was sich bei Eurem Fest in Ischl zugetragen hat?"

Roman stützte seinen Arm über die linke Sessellehne und starrte konzentriert in die grüne Tageslichtlampe neben dem Aufnahmegerät auf Bernauers Schreibtisch.

„Es gab eine Menge Gäste. Götz Alsmann hat auf Vaters Flügel einige Stücke zum Besten gegeben und es hagelte jede Menge Beifall. Natürlich hat sich das alles auf der Terrasse abgespielt, aber es konnte sich jeder jederzeit zwanglos in der Villa und auch im Park bewegen. Das Tor am Zaun und die kleine Pforte etwas weiter nebenan waren, nehme ich an, geschlossen.

Ich selbst bin als Jazzfan natürlich nahe vor Alsmann und dem Flügel gestanden, da habe ich wenig bis gar nicht auf die Gäste geachtet. Dass der Restaurator einige Bilder besichtigt hat, war nicht zu übersehen, aber eigentlich fiel er mir auf, weil er ein Inhalationsgerät aus der Hosentasche seines Smokings zog. Da wandte ich mich dezent ab und bin weggegangen. Im Laufe des Abends musste er dann unbemerkt das Grundstück verlassen haben und als Vater Mathilde zum Wagen brachte, hat sie ihn tot neben ihrem Porsche entdeckt.

Ganz schlechtes Karma natürlich, wenn so einer aus dem Gebüsch durch das Seitenfenster glotzt, aber wozu diese übertriebene Aufregung, die Scheibe dazwischen war doch ohnehin geschlossen?“

Romans Geste war ebenso offenkundig wie seine Bemerkung.

„Sie ist dann nach einem scheußlichen Schrei beinahe aus den Schuhen gekippt und als ich ans Gartentor kam hat Vater sofort mein Handy verlangt. Damit verständigte er die Polizei. Etwas später fand sich auch noch der Rest der Gesellschaft ein und Vater hat Albert mit Ada nach Hause geschickt. Knapp danach sind die Uniformierten erschienen und anschließend kam der Arzt. Es hat noch ziemlich lange gedauert, bis die Aufnahmen vom Unfallort mit und ohne den Wagen Mathildes gemacht worden waren und auch die Umgebung des Vorfalls wurde noch sorgfältig abgesucht. Die Leiche hat man anschließend ins Klinikum Bad Ischl gebracht und natürlich sind Vater und ich erst so gegen vier Uhr früh nach Hause gekommen. Außerdem war ja die Villa in Ischl zusätzlich noch dicht zu machen."

„Hast Du, als Ihr nach Hause gekommen seid, Albert oder Ada noch gesehen?"

„Nein, das Haus war vollkommen finster, bei Vater lief kurz darauf die Dusche und mehr habe ich nicht mitbekommen, bevor ich zu Bett gegangen bin."

„Du wohnst?"

„Im zweiten Stock, Albert im ersten."

„Also hast Du Deinen Vater von oben her dann auch nicht mehr gehört, als er aus dem Bad kam?"

„Joschi, es ist ein altes Haus mit ziemlich schalldichten Ziegelwänden, jedes Stockwerk wiederum durch eine Tür vom Stiegenhaus getrennt und niemand benutzt die Treppe, dafür haben wir den Lift. Natürlich auch wegen Ada."

„Aber Du bist trotz Eurer späten Heimkehr so gegen halb Neun aufgestanden?"

„Ja, ungefähr. Wir hatten leider noch die Sache in Ischl zu erledigen, wo auf Vaters Wunsch hin auch noch mein Wagen stand, weil er sich auf der Heimfahrt mit mir unterhalten wollte. Gegen Mittag war ich außerdem auf dem Golfplatz verabredet, da sollte ich mich nicht verspäten, also habe ich meinen Wecker gestellt. Im Wintergarten saßen Ada und Albert bereits am Tisch und Josefine brachte das Frühstück."

„Und Dein Vater?"

„Durfte nicht gestört werden, morgens nie. Vielleicht verschönte er sich den Beginn eines Tages immer mit dem Schmökern in den Kontoauszügen."

Er verzog geringschätzig das Gesicht.

„Wir haben also gefrühstückt und nachdem mindestens eine Stunde vergangen war und Vater sich nicht gezeigt hatte, haben wir Josefine in die Höhle des Löwen geschickt."

„Und sie durfte ihn stören?"

„Nun ja, sie hat natürlich auch einen verdammt hübschen Hintern."

Adelaide hatte der Tod des Vaters ziemlich getroffen.

„Ich kann das alles nicht verstehen", sagte sie bedrückt, „Vater hätte sich niemals selbst umgebracht. Er hat sein Leben lang für uns alle geschuftet, die Kanzlei aufgebaut, meiner Mutter jeden Wunsch erfüllt, mir die schöne Penthouse-Wohnung ausgebaut und meine Brüder und ich fahren tolle Autos, die wir uns weiß Gott von unserem Geld nicht hätten leisten können. Dann erlitt Mutter den schrecklichen Unfall und das Bild, auf das er so stolz war, ist ihm gestohlen worden. Nach allen diesen Mühen und Verlusten hätte er sich wenigstens jetzt seinen Lebenstraum erfüllen können. Und dann geschieht so etwas."

„Was wäre denn sein Lebenstraum gewesen?" fragte Bernauer erstaunt, denn, wie er Bertram gekannt und wie ihn Roman Gschwandtner geschildert hatte, war der Verstorbene nicht gerade ein Freund großer Selbstüberwindung gewesen. Im Gegenteil, für die Vorteile, die er seiner Familie angedeihen ließ, zahlte sie mit Gehorsam und ständiger Unterwerfung.

„Er wollte, das heißt, er hat es bei seinem Fest auch schon angekündigt, die Villa in Ischl samt dem Grundstück, seinen gesammelten Bildern und dem schönen neuen Flügel, auf dem Götz Alsmann gespielt hat, der Stadtgemeinde Bad Ischl auf den Todesfall hin schenken. Es wäre die Krönung seines Lebens gewesen, wenn dieses Vermächtnis zum Andenken an ihn seinen Namen getragen hätte."

„Du sagst hätte. Soll denn das Ganze nach seinem Tod hinfällig sein, obwohl er es so haben wollte?" fragte Bernauer hellhörig.

„Aus meiner Sicht ist das keine Frage", gab sie zur Antwort „aber das Familienoberhaupt ist jetzt Albert. Roman und ich werden natürlich ebenfalls meinen Vater beerben, aber ohne Alberts Einwilligung sind wir ziemlich handlungsunfähig."

„Es wird aber sicherlich von allen erwartet, dass Albert den Willen seines Vaters respektiert?"

„Daran ist nicht zu zweifeln, aber schlimm wäre es, hätte Vater die Schenkung noch nicht schriftlich niedergelegt. Ich weiß nicht, Albert ist ein Knauser und vor allem ziemlich selbstherrlich."

„Und Roman verbraucht überdies jede Menge Geld",
dachte Bernauer.
Obwohl die Familie immer als die natürliche Zelle des
Lebens bezeichnet wurde, sah Bernauer hier die be-
ängstigende Parallele zur Grillparzerschen Tragödie
„Ein Bruderzwist im Hause Habsburg."
Rudolf II, seine Söhne Matthias, Carolus und die zwar
hier nicht posthum geborene Tochter.
Im realen Drama der Gschwandtners war der Vater
ebenfalls herrisch, stolz, standesbewusst und ein an-
erkannter Förderer der Kunst gewesen. Er wurde allerdings nicht zuerst entmachtet, sondern ohne diesen
Umweg sofort hinterhältig umgebracht.
Die Söhne, nicht gerade überhäuft mit positiven Cha-
raktereigenschaften, würden sich, wie vorauszusehen
war, in Kürze gegeneinanderstellen. Die Tochter intelligent, aber schwach und mangels Lebenserfahrung
naiv.
Einerseits waren Bernauer Spekulationen im Sinne
eines Orakels immer suspekt gewesen, aber in einem
leisen Winkel seines Herzens saß trotzdem ein be-
klemmend abergläubisches Gefühl, das er jetzt unbedingt verscheuchen musste. Er rief sich zur Ordnung
und konzentrierte sich wieder auf die Gegenwart.
„Wie waren denn Deine Eindrücke von dem Fest Deines Vaters in Ischl?"
„Es war alles perfekt, so wie es bei Vater immer ablief.
Der Restaurator Hirschler wurde mir zwar vorgestellt,
aber wir haben nur wenige Worte gewechselt. Ich erinnere mich zwar dunkel, dass er und Roman sich gele-

gentlich unterhalten haben, aber sicher bin ich auch da nicht. Der Mann hat sich, glaube ich, vor und nach dem Klavierkonzert eher die Villa und die Gemälde angesehen. Irgendwann bat ihn Vater dann an den Tisch, aber ich habe nicht zugehört, es war so langweilig, nur diese leblosen Bilder, was erwarten sich die Menschen eigentlich davon?"

„Schönheit und Freude wenn man sie betrachtet."

„Weil sie sonst nichts mehr zu erwarten haben, weil sie schon wie tot sind in ihren Gefühlen für das Leben und die Lebenden. Gefällt Dir diese Atmosphäre?"

Bernauer konnte sich ihrer beängstigenden Behauptung nicht ernsthaft verschließen. Hatte sich denn von den vielen Anwesenden auch nur eine Person um den sichtlich angeschlagenen Restaurator gekümmert oder ihn zumindest auch nur wahrgenommen?

„Nun ja", antwortete er, „nicht ausgesprochen."

„Ich wusste es", sagte Adelaide ernst, „aber Du hast mich sicherlich nicht vorgeladen, um mit mir zu philosophieren."

Bernauer lächelte.

„Du hast Recht, der Gedanke wäre zu anderer Zeit nicht uninteressant, aber wir müssen uns leider wieder vordringlich mit Hirschler befassen.

Hattest Du das Gefühl, dass er unter Atembeschwerden gelitten hat?"

„Nein, eigentlich nicht, wäre aber durchaus möglich, er hat nämlich Vaters Angebot, ihm eines seiner eigenen Kopfschmerzmittel bringen zu lassen aus gesundheitlichen Gründen abgelehnt. Mehr ist mir nicht aufgefallen und mit dem Rollstuhl saust man ja auch nicht gerade ständig zwischen den Gästen herum."

„Aber Du hast in Bad Ischl den Wagen, der während des Diebstahls vor Eurem Haus in Salzburg gestanden ist, wiedererkannt?"

„Ja, er muss es gewesen sein."

„Du bist nicht sicher?"

„Doch."

„Aber Du hast den Restaurator nicht beobachtet, als er das Fest in Ischl verließ?"

„Nein."

„Albert hat Dich heimgefahren, nachdem der Tote gefunden wurde?"

„Ja, auf Papas Wunsch. Roman sollte ihn unterstützen, er kann ja auch viel besser mit Menschen umgehen als Albert. Das liegt vermutlich an seiner persönlichen Sicht des Lebens."

Sie strich eine widerspenstige Haarsträhne zurück: „Und reden wollte Papa auch noch mit ihm. Na, ja. Roman hatte wieder ein wenig zu viel getrunken und sich daher auch nicht ‚à la carte' benommen. Es gab auf der Heimfahrt vermutlich einen Verweis für ihn.

Albert und ich haben zur Beruhigung in der Küche noch Tee getrunken bevor wir zu Bett gegangen sind, aber ich war trotzdem noch so nervös, dass ich eine zweite Schlaftablette gebraucht habe. Wahrscheinlich bin ich deshalb auch nicht wach geworden, als Papa später seinen Wagen vor der Haustür abgestellt hat. Normalerweise habe ich einen leichten Schlaf und

Fahrzeuggeräusche vervielfachen sich ja förmlich in der nächtlichen Stille.

Am Morgen hat mich Albert dann über die Sprechanlage gerufen und wir sind zum Frühstück gegangen. Roman kam wenig später nach.

Gegen zehn Uhr, glaube ich, als Papa noch immer nicht erschienen war, haben wir Josefine gebeten, nach ihm zu sehen."

„Trotz des strikten Verbots?"

„Nun ja, die Zeit drängte und ihr gegenüber war er ja meist sehr nachsichtig."

„War Josefine im Haus ehe Du und Albert heruntergekommen seid?"

„Ja, es gab bereits Frühstück."

„Ist irgendetwas auffällig oder anders gewesen an diesem Morgen?

„Nein, es war alles wie sonst auch. Natürlich haben wir Roman über die weiteren Vorgänge in Ischl ausgequetscht und besonders die neugierige Josefine wollte alles haarklein in Erfahrung bringen."

Nach Adelaide war auch die Hausangestellte Josefine Krenn zur Protokollaufnahme vorgeladen worden und stand vermutlich bereits wartend auf dem Gang, denn die Einvernahmen der Geschwister Gschwandtner hatten etwas länger gedauert, als erwartet.

Bernauers untrügliches Gefühl, dass ihm der gute Geist des Hauses ziemlich nützlich sein könnte, setzte allerdings voraus, Josefine würde zur Mithilfe überhaupt bereit sein.

Und wieder einmal begann zur unpassenden Zeit sein Diensttelefon zu stören.

„Joschi, ich bin ziemlich in Eile", sagte Markovsky, „kommen wir also schnell zum Wesentlichen. Der Mann aus Bad Ischl ist zwar tatsächlich während eines Asthmaanfalles erstickt, aber zumindest einer der Auslöser dieses Anfalls war ein Medikament, das sich in seinem Wein befunden haben muss, nämlich Aspirin."

„Er hat ein Kopfwehmittel geschluckt?" fragte Bernauer, „na und?"

„Aspirin war für den armen Teufel ebenso so harmlos wie für Dich ein Fliegenpilz. Aber informiere Dich selbst, ich lasse Dir den gesamten Akt zugehen, wir werden in Zukunft ohnehin zusammenarbeiten müssen. Der Mann ist zwar in Oberösterreich ums Leben gekommen, aber er ist Salzburger und ein Großteil aller Beteiligten ist es ebenfalls, also liegen die Hintergründe sicherlich in Eurer Zuständigkeit.

Laut Angabe des Pathologen konnte Aspirin als Auslöser eines allergischen Anfalles lebensbedrohlich für den Mann gewesen sein, aber das müsste er auf jeden Fall gewusst haben. Also kommt eher Fremdeinwirkung in Betracht, denn einen Suizid, bei dem man coram publico jämmerlich erstickt, wird mit ziemlicher Sicherheit niemand ansteuern. Allein, dass der Kerl Wein getrunken hat, ist schon etwas ungewöhnlich.

Die Fakten für den Eintritt des Todes und die Beweissicherung vor Ort lasse ich Dir zukommen, aber, wie gesagt, die Hintergründe dazu müssten dann wohl in Eurem Bereich gefunden werden."

„Wieso habe ich eigentlich den Eindruck, man schickt mir da ein Trojanisches Pferd?" meinte Bernauer leicht biestig.

„Das Pferd bleibt unsere Sache", lachte Markovsky, „kümmere Du Dich nur gewissenhaft um den Inhalt."

Albert, Roman und Ada saßen im Arbeitszimmer des verstorbenen Vaters, wobei Albert unmissverständlich den wuchtigen Stuhl hinter dem Schreibtisch einnahm, sodass am Gewicht seiner Position keine Zweifel aufkommen konnten.

„Ich denke", sagte er, „dass wir vorrangig eine wichtige Entscheidung zu treffen haben."

„Die da wäre?" fragte Roman gedehnt.

„Die Angelegenheit des Besitzes in Bad Ischl."

„Steht uns hier überhaupt eine Entscheidung zu?" meinte Roman interessiert.

„Ich kenne den Inhalt von Vaters Testament nicht im Detail", erklärte Albert, „aber es wird sich zeigen. Erwägen wir einmal die Möglichkeit, dass Vater die Schenkung bereits schriftlich fixiert hat, vielleicht hat er nach dem Konzert aber auch nur eine Vorankündigung getätigt, aber angenommen, er hätte alles bereits niedergeschrieben, wie wollen wir dann weiter vorgehen?"

„Denkst Du, wir könnten diese Schenkung anfechten? Mit welcher Begründung?"

„Sollte die Schenkung den rechtlichen Normen nicht entsprechen, ist sie ohnehin ungültig. Fraglich wäre natürlich auch, ob Vater wirklich noch Herr seiner selbst war. Mutter hatte den entsetzlichen Unfall, Ada blieb sein Sorgenkind und das wertvolle Gemälde hat man ihm gestohlen, natürlich lagen da seine Nerven blank und seine nächste Sorge galt jetzt, verständlich aber natürlich unbegründet, seiner Kunstsammlung. Völlig logisch, dass er dann bestrebt war, die Kunstschätze so schnell als möglich und ohne lange nachzudenken abzusichern.

Vermutlich kommt es aber gar nicht so weit, denn hätte er bereits eine Schenkung getätigt, ich müsste es auf jeden Fall mitbekommen haben."

„Warum fragst Du uns dann jetzt schon, wo Du noch nicht einmal die Fakten kennst?"

„Es muss von Anfang an geklärt werden, dass wir alle am selben Strang ziehen."

„Du meinst, ob wir uns an den Kosten für einen Prozess beteiligen", stellte Adelaide fest.

„Jedenfalls sollten wir die Bilder in Ischl zuerst einmal nummerieren und schätzen lassen", sagte Albert.

„Vor der Testamentseröffnung geschieht hier überhaupt nichts", sagte Roman „und solltest Du den Safe öffnen, verlange ich dabei zu sein."

„Das ist auch meine Absicht", mischte sich Adelaide, die bisher völlig unbeachtet geblieben war, ein.

„Und außerdem wünsche ich, dass Josefine ab sofort in unserem Haus wohnt, ich brauche jemanden, der sich um mich kümmert."

„Du willst was?" fragte Roman.

„Wieso denn? Du konntest sie doch noch nie besonders leiden."

„Unsinn", gab sie zur Antwort.

„Da hatte ich Mutter und Papa, also gab es wenig Grund Kontakt mit Josefine zu pflegen, aber jetzt, jetzt brauche ich sie."

„Wir hatten niemals fremde Personen im Haus", mischte sich Albert ein, „schlag Dir diese Verrücktheit aus dem Kopf, persönliches Personal für eine größenwahnsinnige Eigenbrötlerin! Wer glaubst Du denn, wer Du bist?"

Adelaide richtete sich auf und sah Albert wütend in die Augen: „Albert, Du verstehst mich offensichtlich nicht richtig, ich will, dass Josefine hier im Haus wohnt, nein, ich verlange es sogar."

Albert, der sich ärgerlich erhoben hatte, starrte ungläubig auf Adelaide, die ihren Rollstuhl gewendet hatte und nun wortlos den Raum verließ.

Roman blies erstaunt die Backen auf und meinte dann boshaft: „Dass Josefine in Mutters Räume einzieht, finde ich übertrieben, aber in den Zimmern über der Winterterrasse könnte ich mir das schon vorstellen, Du benötigst doch sicher kein Quartier für einen Chauffeur?"

Josefine Krenn hatte bereits vor Bernauers Büro gewartet und betrachtete nun interessiert die Einrichtung und die schöne Aussicht über die Baumkronen hin.

Bernauer hatte zwar kein passendes Bild von der Person einer Haushälterin, aber eine Frau wie Josefine Krenn in dieser Stellung zu sehen, hatte ihn bereits am Tatort überrascht.

Josefine war etwas über mittelgroß, sechsunddreißig Jahre alt, mit vollem blonden Haar, das sie zu einem Zopf gebunden hatte. Die etwas grob geschnittenen Gesichtszüge wurden wettgemacht durch strahlend blaue Augen, die den Blick Bernauers einige Sekunden lang zwanghaft festhielten, und wenn Roman von einem schönen Hintern gesprochen hatte, so war diese Beurteilung keinesfalls übertrieben.

Josefine war in St. Gilgen als fünftes Kind bäuerlicher Eltern geboren, hatte eine Haushaltungsschule in Salzburg besucht, dabei den gutaussehenden Schulwart kennengelernt und geheiratet. Eines Tages war er dann samt den gemeinsamen Habseligkeiten verschwunden und Josefine, allein zurückgelassen, musste zu ihrem Leidwesen die Dienstwohnung räumen und bezog ein winziges Appartement in einem alten Haus am Salzachufer.

Als sie dann eines Abends in einem gutbürgerlichen Gasthof, in dem sie als Kellnerin beschäftigt war, einen Betrunkenen daran gehindert hatte, heimlich mit Dr. Bertram Gschwandtners Aktentasche zu verschwinden, kam man häufiger ins Gespräch und der Anwalt erfuhr die böse Geschichte vom heimlichen Abgang des Ehemanns der nun in ziemlich angespannten finanziellen Verhältnissen lebenden Josefine.

Es war nie darüber gesprochen worden wie es der Anwalt trotz des verschwundenen Ehemannes geschafft hatte ihr die Scheidung zu ermöglichen, und als Mechthild Gschwandtner etwas später ihre Haushälterin aus Altersgründen verlor, stieg Josefine Krenn in diese angenehme Position ein und konnte für grobe Arbeiten sogar über Zugehpersonal verfügen.

Josefine, im kornblumenblauen Sommerkleid, die blütenbedruckte weiße Tasche neben sich, saß nun wohlgelaunt auf dem Stuhl vor Bernauers Schreibtisch. „Mit diesen einladenden Rundungen und einem Blumenkranz über dem dichten blonden Schopf gäbe sie eine großartige Erntedank-Königin ab", dachte Bernauer. Folklore entsprach zwar nicht unbedingt seinem Geschmack, aber es ging von ihr so viel Vitalität und Lebensfreude aus, dass unter gewissen Umständen solche Dinge schlichtweg zu Nebensächlichkeiten werden konnten.

„Wie war denn nun Ihr Verhältnis zu Dr. Bertram Gschwandtner?" fragte er.
„Tadellos", war die Antwort, „ich hatte ihm sehr viel zu verdanken und deswegen habe ich auch immer versucht, alles zu seiner Zufriedenheit zu erledigen."
„Er soll aber kein einfacher Mensch gewesen sein", hielt ihr Bernauer vor, „irgendwie habe ich nämlich den Eindruck, er hätte seine Umgebung ziemlich terrorisiert."

„Kann ich mir gut vorstellen, dass Ihnen seine verwöhnten Sprösslinge ihre Leiden vorgejammert haben oder hat er sich womöglich während der Turnierabende im Bridgeclub schlecht benommen?"
Sie grinste unverhohlen spöttisch über das ganze Gesicht.
„Höre ich da ein wenig Bosheit aus Ihren Worten?"
Bernauer konnte ein Schmunzeln nicht verbergen.
„Bosheit vielleicht nicht, aber wenn man wie ich aus kleinen Verhältnissen kommt, in denen der Vater die alleinige Macht ausübt und wo es ganz schnell Ohrfeigen regnet, wenn nicht alles ganz so abläuft, wie er es befiehlt, empfindet man es als geradezu lächerlich, dass sich verzogene Kinder schlecht behandelt fühlen, nur weil ihnen der Vater zu ihrem eigenen Besten manchmal sagt, wo es langgeht."
„Wie standen denn die einzelnen Familienmitglieder zu ihrem Vater?"
„Das ist nicht so einfach. Der Chef war, wie man sich dort, wo ich herkomme, ausdrückt, ein gestandener Mann. Er war intelligent, gebildet, arbeitsam, sah sofort das Wesentliche in den Dingen, sprach Klartext und war für Gefühlsduseleien nicht anfällig, ein Selfmademan. Das ist wohl der richtige Ausdruck.
Seine Frau war aus reichem Haus, hat ihr Geld aber immer für sich behalten und es auch gar nicht zu verheimlichen versucht. Hätte Dr. Gschwandtner nicht die bedeutende Kanzlei besessen, wäre er als Ehemann für sie sicherlich nicht in Frage gekommen."

„Wie hatte es Roman ausgedrückt?" dachte Bernauer, ‚Stoff für die große Oper', oder so ähnlich. Eine anschaulichere Einführung als die von Josefine konnte Bernauer jedenfalls von nichts und niemandem sonst bekommen."

„Ich verstehe", sagte Bernauer, „bleiben wir fürs erste vor diesem Hintergrund."

Josefine richtete sich etwas auf und sagte plötzlich misstrauisch: „Was erwarten Sie eigentlich von mir? Vor Ihnen läuft ein Aufnahmegerät, soll ich mich da über die Familienmitglieder äußern? Wie stellen Sie sich das überhaupt vor? Ich habe einen guten Job, den ich nicht verlieren will und außerdem, ich mag diese Geschwister."

„Ihre Aussage bekommt niemand zu Gesicht, ich brauche sie lediglich zum Verständnis der Familienverhältnisse und ob Sie auch über den Charakter der einzelnen Mitglieder sprechen werden, bleibt Ihnen natürlich unbenommen."

Josefine überlegte.

„Gut", sagte sie, „nehmen wir Albert. Er war die Stütze seinen Vaters in der Kanzlei und sehr bemüht, ihm alles recht zu machen. Leider hat er wenig Verständnis für die schönen Künste, insbesondere die Bildersammlung seines Vaters, dadurch blieb ihm dessen Anerkennung auch meist versagt. Alberts Kommentare sind gnadenlos und ich würde garantiert einen Arzt rufen, sollte ich ihn bei dem leisesten Versuch zu lächeln ertappen.

„Und Roman, wie sehen Sie ihn?"

„Roman ist der große Charmeur, ein Genießer, eine Sportskanone, ein Visionär und Schlitzohr. Er würde es sogar fertigbringen, einem Tormann Ballettschuhe zu verkaufen und er war der erklärte Liebling seiner Mutter. Der des Vaters eher weniger."

Dies war Bernauer auch nicht gerade neu.

„Und wieso ist es ihm dann möglich, einen derart aufwendigen Lebensstil zu finanzieren?"

„Mutti wird schon ein wenig beigesteuert haben, man lässt doch seinen Augenstern nicht in der Holzklasse schmoren."

„Und schon gar nicht ohne Designer-Klamotten", vervollständigte Bernauer heimlich ihre Vermutung.

„Außerdem dürfte er als Golflehrer, ich denke da vorzugsweise an die Damen, nahezu restlos ausgebucht sein, denn", fuhr sie mit betörendem Augenaufschlag fort und zog ein Schmollmündchen: „manche mögen's heiß!"

„Bei dir, Mädchen, möchten es sicherlich nicht nur manche heiß", dachte er amüsiert.

„Und Adelaide", wandte er das Thema der Tochter des Hauses zu, „welche Rolle spielt sie in der Familie?"

„Ein tüchtiges Mädchen", sagte Josefine, „hält sich immer im Hintergrund und lässt ihren Brüdern den Vortritt, daher hat man sie bisher auch nicht wirklich ernst genommen, obwohl sie sehr intelligent ist. Auf dem Computer soll sie eine Koryphäe sein, egal, worum es sich handelt. Sie beschäftigt sich mit Naturwissenschaften und Mathematik, ist eine ausgezeichnete

Schützin, spielt Schach und Bridge, auch gegen den Computer und weltweit im Internet."

„Ich weiß", stellte Bernauer fest, „tatsächlich ist sie auch ein sehr wichtiges und engagiertes Mitglied unseres Bridge-Clubs, aber wie kommt sie dazu, mit Schusswaffen umzugehen?"

„Im Keller des Hauses befindet sich ein Schießstand sowie ein ganzes Arsenal an Jagdwaffen und Pistolen. Gschwandtner Senior ging nämlich nicht nur zur Jagd, er war auch passionierter Waffensammler. Der verschlossene Schrank dazu steht ebenfalls im Kellergewölbe."

Bernauer hatte plötzlich das ungewöhnliche Bild Adelaides mit dem Gewehr im Anschlag vor Augen.

„Diana im Rollstuhl, eine brandgefährliche Vorstellung", dachte er.

„Und wie steht es mit dem gesellschaftlichen Umgang Adelaides?"

„In erster Linie gibt sie private Bridge-Einladungen für Freundinnen und Freunde, wird natürlich selbst eingeladen und reist auch sehr gerne, vorzüglich in Bridge-Kreisen. Badeorte und Wellnesshotels stehen bevorzugt auf ihrem Programm."

„Wie war denn ihr Verhältnis zum Vater?"

„Das arme Kind war völlig fixiert auf ihn und ständig bemüht, ihm zu gefallen, eine gefühlsmäßige Abhängigkeit, der sie sich, für mich etwas erschreckend, bedingungslos hingab. Er hat in seiner Tochter aber eher eine Art Stofftier gesehen, man pflegt es und spielt gelegentlich damit. Für ihre Mutter war sie schlichtweg uninteressant, nachdem ein Reitunfall deren ehrgeizige Pläne zunichte gemacht hatte. Adelaide, gutmütig wie sie ist, versuchte aber ständig diesen Mangel auszugleichen. Sie war sogar bereit, sich finanziell zusammen mit ihren Brüdern auf einem Grundstück ihrer Mutter an der Errichtung eines Reitstalles zu beteiligen, obwohl der Übergang dieses Grundbesitzes auf die Geschwister erst beim Ableben der Mutter erfolgen sollte."

„Hatte Adelaide denn so viel eigenes Geld zur Verfügung?"

„Es wurde gelegentlich darüber gesprochen, dass sie mit einem Aktienpaket aus dem Nachlass ihres Großvaters ziemlich erfolgreich spekuliert hat. Ich könnte mir allerdings vorstellen, dass sie auch jede Menge anderer Vorteile aus dem Internet zieht. Die Erbschaft nach ihrer Mutter ist natürlich jetzt noch profitabler."

„Wie ist denn nun Ihr persönlicher Kontakt zu Adelaide?"

„Ich hatte sie ins Herz geschlossen, als ich ihr gutmütiges und anständiges Wesen erkannt habe. Ihr Licht stand ja schon immer irgendwie unter dem Scheffel, obwohl sie das wirklich nicht verdient hat. Anfangs kam sie mir mit Vorbehalt entgegen, aber ich bin sicher, es gab hier eine gewisse Rivalität im Hinblick auf ihren Vater. Ich war seine Angestellte und somit für ihn existent, wodurch ich mich auch gelegentlich gegen seinen Willen zur Wehr setzen konnte. Aus Adelaides Sicht genoss ich damit ungerechtfertigt Privilegien, die ihr gänzlich verwehrt waren und das muss für sie sehr, sehr schmerzlich gewesen sein."

„Und nun?"

„Sie wird einen Menschen brauchen, der sie schätzt und auf sie eingeht, vielleicht lässt sie es zu, dass ich ihr jetzt zur Seite stehe und sie bei der Trauerarbeit ein wenig unterstütze."

„Haben Sie in dieser Angelegenheit schon mit den Geschwistern gesprochen?"

„Albert hat mich ersucht, ich möge meine Stellung im Hause weiterhin beibehalten."

Adelaide hatte es zur Verwunderung Romans durchgesetzt, dass die Haushälterin in die ehemalige Chauffeurs-Wohnung über dem Wintergarten einziehen konnte und Josefine hatte Ada diesen Wunsch schließlich nicht abgeschlagen.

„Ich verliere dadurch zwar einen gewissen Teil meiner Selbständigkeit", sagte sie, „aber ich fühle mich der Familie sehr verbunden und das wiegt diesen kleinen Nachteil weitgehend auf. Ich bin glücklich, dass ich nun wirklich und ehrlich gebraucht werde."

Bernauer hatte von Markovsky inzwischen das gesamte Material über den Tod des Restaurators Hirschler erhalten und fühlte sich einfach überfordert, wenn er die einzelnen Puzzleteile zu einem geordneten Ganzen bringen sollte.

Außerdem saß ihm Hofrat Sassmann, der als Freund des verstorbenen Bertram Gschwandtners wenig Geduld aufbrachte, durch ständige Anfragen im Nacken. „Bernauer", sagte er drängend, „die Auswahl an Verdächtigen ist doch nicht so groß, was ist denn mit Ihrem hervorragenden Bauchgefühl los?"

„Ich bin zwar sicher, dass die einzelnen Vorkommnisse dicht aneinander hängen, nur alle Beteiligten haben gleich viele Motive und in eben diesem Ausmaß auch wieder keine besonderen.

Fasst man alles zusammen, ist wohl mit an Sicherheit grenzender Wahrscheinlichkeit auszuschließen, dass der tödliche Unfall der Mutter ein Zufall war. Eine Frau, so wie sie von allen beschrieben wird, springt nicht unkontrolliert aus dem geparkten Wagen und läuft kopflos unter einen Reisebus, oder vulgär ausgedrückt: Um jemanden so zum Tanzen zu bringen braucht es einen starken Song. Aber merkwürdiger Weise gab es diesen Song nicht, sie saß alleine im Auto und hatte keinerlei Kontakt.

Einige Wochen später wird dann im Hause der Familie Gschwandtner ein wertvolles Bild gestohlen. Kein Einbruch, wahrscheinlich ein Einschleichdiebstahl und die anwesende Tochter des Hauses bekommt den Vorfall zwar nicht mit, sieht aber einen schwarzen Wagen auf der Straße vor dem Haus, den sie später als Fahrzeug des in Bad Ischl vermutlich ermordeten Bilderrestaurators bezeichnet. Kurz darauf wird Gschwandtner Senior vergiftet aufgefunden."

Als Bernauer geendet hatte meinte Sassmann: „Jede Menge Arbeit für so wenig Erfolg."

Leider zutreffend, aber wenigstens eine immerhin faire Feststellung angesichts der Umstände.

„Unangenehm für eine so angesehene Familie", sinnierte er weiter, „es wird sich ja wohl kaum vermeiden lassen, dass interne Verhältnisse gnadenlos ans Licht gezerrt werden. Kann man da nicht ein wenig schonend vorgehen?"

„Ich fürchte, das wird schwierig sein, da man uns die Bälle jedes Mal so aufsetzt, dass sie haarscharf neben dem Tor landen müssen. Dadurch intensivieren sich natürlich wieder unsere Recherchen und für Rücksichtnahme bleibt da wirklich kaum mehr Spielraum."

Die Handwerker hatten die Wohnung über dem Wintergarten für Josefine nach deren Wünschen fertiggestellt und Ada steuerte einige Familienmöbelstücke, die nach dem Geschmack Josefines waren, zur Ausstattung bei.

Eigentlich hätte Adelaide erwartet, Josefines persönliche Sachen wären von eher minderer Qualität, stellte jedoch bei deren Einzug fest, dass die junge Frau überwiegend Markenware besaß. Besonders auffällig präsentierten sich beachtlich teure Schuhe von Manolo Blahnik. Ada glaubte so um die fünfzehn Paare gesehen zu haben, elegant und hochhackig, aber seltsamerweise ohne sichtliche Gebrauchsspuren.

„Diese Hingucker gehören doch nicht in den Kasten", dachte Adelaide sehnsüchtig, „solche Prachtstücke müsste man bei jeder Gelegenheit tragen."

Im Haus lief wieder alles seinen gewohnten Gang. Albert nahm, obwohl das Testament des Vaters noch nicht eröffnet worden war, bereits mit steifer Würde den Platz des Familienoberhauptes ein, Roman ging seinen Vergnügungen nach und war heftig bemüht, seinen Bruder Albert zu ärgern, in dem er immer wieder dessen Autorität in Frage stellte oder einfach nur ins Lächerliche zog.

Adelaide begann unter der Fürsorge Josefines aufzuleben, ließ sich mit ihren Brüdern auf keinerlei Debatten über bevorstehende Entscheidungen ein und begann wieder ihre Freundinnen einzuladen, um angenehme Bridgenachmittage auf der Terrasse ihres Penthauses zu verbringen.

Josefine nahm ihr dabei die Hausfrauenpflichten ab, sorgte überall für reibungslosen Ablauf und war ihre Verbündete gegen die Autoritätsbestrebungen Alberts.

Natürlich bekrittelte dieser Adelaides unangemessene Nähe zu einer Bediensteten des Hauses, versuchte sich aber in dieser Angelegenheit nicht mehr ernsthaft durchzusetzen, denn Adelaide ließ deutlich erkennen, dass Einmischungen des Bruders in ihre persönlichen Angelegenheiten unerwünscht und daher auch sinnlos wären.

Joschi Bernauer saß an seinem Schreibtisch, verglich die Fakten der Todesfälle im und um das Haus Gschwandtner miteinander und versuchte den zugrundeliegenden gemeinsamen Nenner zu finden. Es musste ihn geben, aber gleichzeitig wurde er das Gefühl nicht los, dass der zentrale Punkt im gestohlenen Bild aus dem Arbeitszimmer Gschwandtners läge. In der Folge kam natürlich auch die Sammlung aus der Villa in Bad Ischl ins Spiel und bei der vermuteten Verbindung zu den Todesfällen spielte natürlich auch Geld eine bedeutende Rolle. Der plötzliche Tod des Restaurators in der Nähe seines Fahrzeuges konnte aber auch in unmittelbarem Zusammenhang damit stehen, dass eine der anwesenden Personen befürchtete, durch Hirschler während des Festes bloßgestellt zu werden. Nur dann hätte nämlich sein Ableben zu diesem Zeitpunkt für den Gefährdeten von realem Nutzen sein können.

Bernauer hatte daher also beschlossen, sich vordringlich mit dem bisherigen Leben des Restaurators zu beschäftigen und beginnen wollte er mit dem Obduktionsbericht der Pathologie in Linz. Wie stand es mit der Gesundheit dieses Mannes wirklich?

Obwohl er nicht die nötigen medizinischen Kenntnisse aufbrachte, stiegen in ihm gewisse Bedenken auf. Zum Beispiel: Der Mann hatte Wein getrunken. War dies für einen Asthmatiker nicht gefährlich und wie kam er in seinem Zustand dazu, Aspirin zu schlucken? Hatte er unter Kopfweh gelitten und wusste nicht mit Medikamenten umzugehen? Diese Möglichkeit schloss Bernauer aus.

„Lassen Sie mir den Obduktionsbefund zukommen", sagte der Salzburger Gerichtsmediziner, den Bernauer um fachlichen Rat gebeten hatte, „ich werde sehen, was ich tun kann."

Bereits am Nachmittag rief er zurück.

„Dass der Mann Wein getrunken hat ist nicht so abwegig, er dürfte zu den wenigen Allergikern gehört haben, denen unter Alkoholeinfluss das Atmen leichter fällt, da sich dadurch ihre Atemmuskulatur entspannt. Dass er freiwillig Aspirin geschluckt hat, halte ich allerdings für unwahrscheinlich und noch weniger glaubhaft ist es, dass ein Mensch mit seinem Krankheitsbild den Beruf eines Bilderrestaurators ausüben konnte. Mit Terpentin, Farben und ihren Ingredienzien sowie verschiedenen anderen Duftstoffen hätte er definitiv nicht mehr arbeiten können, das ist ganz unmöglich, Lunge und Bronchien waren von Krebs befallen."

„Aber er übernahm als gerichtlich beeideter Sachverständiger und Bilderrestaurator derartige Aufträge, das ist amtlich."

„Das mag ja so sein und vielleicht hat er sich bei dieser Arbeit auch die Gesundheit ruiniert, aber in dem Zustand, in dem er sich letztlich befunden hat, konnte er unmöglich mehr mit Farben umgegangen sein."

„Herrgott", dachte Bernauer, „was wird mir denn da aufgetischt? Zu allen bereits unerklärlichen Umständen kommt nun auch noch ein Bilderrestaurator, der Terpentin und Farbe nicht vertragen kann. Es war doch ausdrücklich mit Senior Gschwandtner abgemacht gewesen, dass der Restaurator das Bild, das dann leider gestohlen wurde, abholen und auffrischen sollte.

Hier war nichts, wie es sein sollte und nichts davon ergab einen Sinn. Der ganze Nachmittag war also wieder sinnlos vergeudet gewesen und so beschloss er nach Hause zu gehen und vielleicht noch irgendwo eine Kleinigkeit zu essen.

Lustlos fuhr er seinen Computer herunter, als sich absolut unerwünscht sein Handy meldete, dann aber auf dem Display Nummer und Bild seiner Freundin Iris erschien.

„Endlich etwas erfreulicheres", dachte er. Wenn sich Iris aus ihrem Krankenhaus freimachen konnte, und das stand ihr als Primaria gelegentlich auch zu, würde man vielleicht in Ruhe irgendwo zu Abend essen und den Tag bei einem Gläschen friedlich ausklingen lassen.

„Hallo, mein Juwel", sagte er fröhlich, „wie dringend ich bereits Deine Stimme gebraucht habe."

„Jetzt schon", lachte sie, „dann sieh aber zu, dass Du wenigstens heute rechtzeitig erscheinst. Beginn ist pünktlich um Acht. Glaubst Du wir könnten vorher noch einen Drink nehmen, im Sacher vielleicht?

Siedend heiß fiel es ihm wieder ein, Iris hatte für den Abend Theaterkarten besorgt. ‚Das weite Land' von Schnitzler stand auf dem Programm und ihr Lieblingsschauspier würde sich in der Hauptrolle sonnen.

„Auch das noch", dachte Bernauer, „einem verlorenen Tag folgt ein mühsamer Abend."

Jetzt durfte er sich zu allem anderen noch tierisch beeilen, um dann rechtzeitig den großartigen Sven-Eric Bechtolf als Friedrich Hofreiter zu beklatschen, obwohl Bernauer für seinen Teil auch einen Abend ohne Sven-Eric als durchaus positiv empfunden hätte.

„Vermutlich wird das Sacher nicht mehr zu schaffen sein", sagte er mit hörbarem Bedauern in der Stimme, „aber bis halb Acht kann ich im Theater sein, die Abendtermine habe ich ohnehin gnadenlos abgeschmettert."

„Immer noch diese Bildermorde?"

„Ganz genau", bestätigte er, „aber jetzt möchte ich nichts mehr davon hören, denn eigentlich war meine Vorstellung so, dass wir uns im Foyer, nur Du und ich, völlig ohne Alltagskram, ein, zwei Gläschen Champagner zur Einstimmung gönnen, sodass wir beides, Abend und Aufführung, so richtig genießen können."

„Das ist natürlich noch viel besser", sagte Iris, „dabei haben wir dann auch Gelegenheit uns ein wenig umzusehen."

Sie überlegte kurz.

„Ist nämlich sehr gut möglich, dass zur heutigen Premiere einige unserer Freunde erscheinen und wenn wir ohnedies schon früher im Haus sind, kann die Unterhaltung noch ziemlich interessant werden."

„Genau so habe ich mir das vorgestellt", sagte Bernauer, „also werde ich mich jetzt beeilen."

„Aber keine Hektik, Joschi", mahnte ihn Iris, „ein vergnüglicher Abend muss froh und entspannt begangen werden."

„Sagt vermutlich Konfuzius", murmelte Bernauer lustlos.

Auf Adelaides Dachterrasse herrschte fröhlicher Tumult. Die elf zum Bridge eingeladenen Freundinnen waren nach und nach eingetroffen und stimmten sich auf den kommenden Nachmittag mit Prosecco und frisch gepresstem Orangensaft ein.

„Bitte, werfen Sie die Sektgläser nicht an die Wand" sagte Josefine, die eben einen Servierwagen, beladen mit Petit fours und Gusto-Häppchen aus dem Wohnzimmer schob, mit übertrieben ernstem Gesicht.

„Die gläserne Balkonbrüstung ist nämlich nicht hoch genug", lachte Adelaide, „und das Zielschießen auf die Straßenpassanten unter uns ist gesetzlich verboten."

„Man müsste in einem freien und gerechten Land leben" sagte Roman, der zwei Kannen starken Kaffees hinter Josefine auf die Terrasse trug, „wo man auf schöne Hexen schießen darf, die einen schüchternen Kerl wie mich hinterhältig verliebt machen und dann eiskalt zurückstoßen."

Romans Miene war unzweifelhaft eine verlockend gelungene Mischung aus gut gespielter Treuherzigkeit und anmaßender Aggressivität.

„Grundgütiger", dachte Adelaide, „als ob dich Widerstand aus dem Gleichgewicht bringen könnte. Wenn etwas einen Kittel trägt, ist das doch automatisch ein Startzeichen für dich."

Wie ohnedies sattsam bekannt war, hatte durch Romans umwerfenden Charme und sein bemerkenswert attraktives Aussehen die weibliche Tugend in nicht seltenen Fällen blitzartig und ohne Gegenwehr ins sprichwörtliche Gras gebissen.

Auch bei Adelaides heutiger Gesellschaft versagte seine Ausstrahlung ihre Wirkung nicht, denn schon umschwirrten ihn Sätze wie „Komm in meine Arme schüchterner Roman" und „Küsschen Roman, bei mir liegst Du richtig."

Ada hegte keinen Zweifel, dass der Großteil dieser Angebote durchaus ernst zu nehmen war, aber sie wusste auch, dass Roman ein Windhund war, der seine Chancen nutzen und dann gnadenlos weiterziehen würde.

Nach Kaffee und Kuchen begann man Bridge zu spielen und Josefine, die die Versorgung der Gäste mit Getränken übernommen hatte, verfolgte immer wieder interessiert den Spielverlauf an einem der drei Tische.

„Wenn Sie zusehen wollen, Josefine, setzen Sie sich zu mir", lud Ada sie ein, „wer noch Trinkbares braucht, kann sich ja melden."

„Die nächsten vier Stunden habe ich noch Zeit", sagte Roman, „da werde ich mich selbstredend ein wenig nützlich machen."

„Wen nimmt er denn diesmal wieder aufs Korn" dachte Adelaide, denn dass Roman freiwillig Leistungen anbot, die ihm keinerlei Nutzen brachten, war eine geradezu abstruse Vorstellung.

Aus den neugierigen Fängen Hofrat Sassmanns an seinen Schreibtisch zurückgekehrt durchforstete Bernauer wiederum die unergiebigen Aussagen der Gäste Dr. Gschwandtners bei seinem letzten spektakulären Fest in Bad Ischl. Wie war es nur möglich, dass von all den Anwesenden niemand gesehen hatte, dass der Restaurator das Spektakel verließ? Die einzige Person, die ihn im Haus ausdrücklich wahrnahm, war offensichtlich Mathilde Donnersmark gewesen.

„Ich habe ihn in meinem Schreck natürlich erst nicht erkannt", hatte sie ausgesagt, „aber es war zweifellos der Mann, der nach dem Konzert über Kopfweh geklagt hat."

Und später sollte dieser Aspirin geschluckt haben, obwohl er seine Unverträglichkeit gekannt hatte?

Wenn es also jemanden gab, der Bernauer eine zweckdienliche Auskunft geben konnte, so war es Mathilde Donnersmark. Daher erwog er sie in Bad Ischl aufzusuchen und hoffte gleichzeitig auf einen gewissen Erfolg bei einem Gespräch mit den Kollegen des Polizeipostens in Ischl, die seinerzeit den Fall bearbeitet hatten.

Zu seiner Erleichterung war es ihm auch tatsächlich möglich, sowohl mit Donnersmark als auch den beiden Beamten des Wachzimmers in Ischl eine Verabredung für den nächsten Tag zu treffen.

Die Villa Donnersmark thronte neben einem etwas nachlässig befestigten Gässchen, welches, dem Bergrücken folgend, zum geschichtsträchtigen Gasthof Doppelblick hoch über dem Flusslauf der Ischl führt. Mathildes Porsche auf dem geharkten weißen Kiesplatz nahm sich merkwürdig fremd aus vor dem strengen, hochgeschossigen Gebäude, das sich reichlich anachronistisch zwischen zwei modernen Bungalows aus Beton, Glas und Schnörkellosigkeit behauptete. Vermutlich hatte man Teile des Grundstücks zu Lasten der immer noch erkennbaren Parkanlage für den Bau neuer Häuser verkauft, da Grund und Boden sicherlich den wahren Luxus der alteingesessenen Eigentümer darstellten.

Mathilde musste bereits am Fenster auf ihn gewartet haben, denn Bernauer war eben erst aus dem Wagen gestiegen, da stand sie schon vor dem geschnitzten hölzernen Eingangstor, um ihn in Empfang zu nehmen und in ein gemütliches, etwas dramatisches Wohnzimmer zu führen.

Was dem Zimmer an Größe fehlte, machte es durch seinen Charme wett. Die bequeme dunkelrote Sitzgarnitur und die beiden schlanken, übergroßen Fenster, deren oberer Teil in einem Bogen endete, ließen den hohen Raum beinahe sakral erscheinen, hätten nicht der schöne offene Kamin, die kunstvoll gerahmten Aquarelle an den Wänden und der purpurfarbene Perserteppich handfesten irdischen Luxus bezeugt.

Mathilde wies auf die beiden Polsterstühle vor dem gläsernen Couchtisch, der auf goldfarbenen Löwentatzen ruhte und bat ihn, Platz zu nehmen.

„Tee oder Kaffee?" fragte sie liebenswürdig.

„Wenn ich wählen darf, Kaffee bitte", sagte er, „schwarz und ohne Zucker."

„Dann muss ich Sie jetzt einen Augenblick um Geduld bitten, ich serviere nämlich selbst", lächelte sie entschuldigend, „eine Bedienungskraft leiste ich mir nur noch zweimal die Woche, die Zeiten werden eben härter."

Wie mochte es denn nun tatsächlich um das Vermögen der vornehmen alten Familien stehen, fragte sich Bernauer und nahm während Mathildes Abwesenheit die Aquarelle an den Wänden näher in Augenschein. Er war zwar kein Experte, aber trotzdem überzeugt davon, dass es sich hier um Originale handelte.

Unbedarft an Wertgegenständen war Mathilde sicherlich nicht, aber wie er es bereits aus Bridgekreisen kannte, besaß ein Großteil des gehobenen Bürgertums zwar Vermögen an Grundbesitz und Kunstschätzen, befand sich aber mangels Barschaft in ständiger diesbezüglicher Verlegenheit.

Mathilde kam nun mit einem Servierwagen zurück, schenkte heißen Kaffee in hauchdünne Tassen und legte Bernauer ein Stück frisch duftenden, ausgezogenen Apfelstrudel vor.

„Selbst gemacht", sagte sie leicht geniert, sah ihn dabei aber so hoffnungsvoll an, dass er selbst dann keinen Moment gezögert hätte, ihn hoch zu loben, wenn er hart wie Granit gewesen wäre.

„Ich kann nicht warten", sagte Mathilde und setzte ihre Tasse ab, „ich bin so aufgeregt. Was soll ich denn jetzt tun, um bei der Aufklärung dieses mysteriösen Falles mitzuwirken?"
„Kein Problem", sagte Bernauer beruhigend, „Sie erzählen mir ganz einfach, was sich an diesem Abend abgespielt hat, auch die Nebensächlichkeiten, von Anfang an und zwischendurch werde ich dann begleitend meine Fragen stellen."
Mathilde überlegte sichtlich, wo sie beginnen sollte.
„Eigentlich habe ich ja nur den Toten entdeckt, sonst weiß ich leider gar nichts."
„Dann wären wir aber bereits am Schluss" sagte er.
„Also vorerst, wann sind Sie denn überhaupt an dem besagten Abend bei Gschwandtners Villa angekommen?"
„Ich war eigentlich schon ziemlich knapp dran, so gegen achtzehn Uhr, würde ich sagen, spätestens zehn Minuten danach begann ja Alsmann bereits zu spielen und das war auch der eigentliche Grund, warum ich meinen Wagen nur noch schnell auf der Straße geparkt habe. Entweder ist mir der schwarze SUV in der Eile nicht aufgefallen, oder er ist noch später gekommen als ich. Bei Tageslicht sieht schließlich alles anders aus und außerdem war ich in Eile und dadurch natürlich auch abgelenkt."
Bernauer nickte verständig.

„Bertram", fuhr sie fort, „hatte bereits auf mich gewartet und führte mich an seinen Tisch, wo schon Albert, Roman und Adelaide Platz genommen hatten. Dann konzentrierte ich mich in erster Linie auf den Pianisten."

Wieder versuchte sich Mathilde zu erinnern.

„Nachdem Bertram später seine Schenkungsabsicht bekanntgegeben hatte, verließen Albert und Roman den Tisch und Ada unterhielt sich mit Alsmann. Dann, denke ich, winkte Bertram denjenigen Mann zu sich, der..", sie stockte.

„tot von Ihnen aufgefunden wurde, Hirschler war sein Name", beendete Bernauer.

Mathilde nickte dankbar. Die Erinnerung an die grausige Szene saß eben doch noch ziemlich tief.

„Herr Hirschler sah allerdings am Tisch bereits ein wenig blass aus" überlegte sie weiter, „Bertram hatte ihn auch gefragt, ob er sich nicht wohl fühle, aber er sagte nur, er hätte leichtes Kopfweh. Bertram bot ihm daraufhin sein eigenes Medikament an, aber Hirschler lehnte ab, dagegen sei er allergisch, meinte er. Wahrscheinlich trank er aus diesem Grund dann keinen Wein mehr, sondern nur noch reines Wasser, so wie ich auch."

„Von welchem Medikament damals die Rede war, wissen sie vermutlich nicht mehr?"

„Es war Aspirin, oder Ibumetin? So genau erinnere ich mich nicht, es sind außerdem auch schon die einzigen Kopfschmerzmittel, die ich kenne. Ibumetin ist besonders wirkungsvoll bei Beschwerden im Kopf, auch bei Zahnweh zum Beispiel."

„Und Sie sind ganz sicher, dass Hirschler nichts dergleichen eingenommen hat?"

„So lange er am Tisch gesessen ist auf keinen Fall und so wie er sich zuerst dagegen gewehrt hat, sicherlich auch nicht nachher. Freiwillig jedenfalls nicht."

Sie schüttelte energisch den Kopf.

„Könnte es also Ihrer Meinung nach nur unfreiwillig geschehen sein?"

Sie zuckte zusammen und hielt dann lachend die rechte Hand vor den Mund.

„So habe ich es auch wieder nicht gemeint, es war nur eine von diesen Redensarten zur Bekräftigung."

„Aber Sie und Hirschler haben beide Wasser getrunken?"

„Ja, ich wollte meinen Führerschein nicht riskieren und er, na ja, in seinem Zustand, da kann man bestenfalls Wasser ohne Kohlensäure vertragen."

„Woher kam denn das Wasser, das sie getrunken haben?"

„Da es sich nicht um Mineralwasser gehandelt hat, aus dem Krug, der auf dem Tisch stand."

„Sie haben beide das Wasser aus demselben Krug getrunken?"

„Ja, natürlich, und die anderen auch, am Tisch schenkt man sich immer selbst ein."

„Und wer brachte den Krug?"

„Keine Ahnung, ich würde meinen, der Kellner, ja sicherlich, wer sonst? Als ich ankam, stand allerdings bereits einer auf dem Tisch und später kam der Kellner noch einmal und wechselte ihn aus."

„Haben Sie dabei zugesehen?"

„Gläser und Teller wurden natürlich ständig abgeräumt, da achtet man nicht sonderlich darauf."

„Aber der Krug, er wurde vom Kellner ausgewechselt?"

„Da bin ich ganz sicher."

„Würden Sie es für möglich halten, dass sich jemand an Hirschlers Glas zu schaffen gemacht hat?"

„Nein, wir saßen da nur mehr glaube ich zu viert am Tisch und unterhielten uns über Bertrams Projekt. So etwas wäre doch zu auffällig gewesen."

„Und dann?"

„Nachdem dieser Hirschler eine Nachricht auf seinem Handy geschrieben hatte verließ er die Terrasse in Richtung Villa, glaube ich. Wohin er wirklich gegangen ist, weiß ich natürlich nicht und gesehen habe ich ihn dann auch erst wieder Stunden später, als er im Gebüsch gekauert ist. Er sah schrecklich aus."

Dass Bertram Gschwandtner so kurz darauf ebenfalls ums Leben gekommen war, hätte kein Mensch fassen können, sagte sie, obwohl man von seinen gelegentlichen Beschwerden am Herzen Bescheid gewusst habe.

Allerdings war es später unvermeidbar gewesen, dass unterschwellig durchgesickert war, Bertram sollte nicht auf natürliche Weise gestorben sein und entsprechend üppig wucherten jetzt bereits Klatsch und Tratsch.

Seine Frau, die leider auf so schreckliche Weise verunglückte Mechthild, wäre eine Freundin Mathildes gewesen, erzählte sie, und beide hatten nicht nur ihre Schuljahre im selben Internat verbracht, sondern waren später auch Mitglieder des selben Reitklubs gewesen.

„Die Ehe der Gschwandtners war eine ganz übliche", stellte sie fest, „Bertram hat die Kanzlei seines Vaters später sehr erfolgreich vergrößert und gab Mechthild finanziell den erforderlichen Rahmen, während sie als Tochter aus einer der ersten Familien Bad Ischls seine gesellschaftliche Stellung noch wesentlich verbessert hat. Natürlich brachte ihm dies zusätzlich einige Mandanten aus den ersten Rängen der Ischler Gesellschaft ein."

Mathilde lächelte: „Das war allerdings für Bertram der eigentliche Vorteil dieser Verbindung, denn Mechthild war ebenso reich wie geizig. Freiwillig hätte sie zu Lebzeiten keinen Cent herausgerückt und der gute Albert kommt da ganz nach ihr."

„Es muss aber doch Ausnahmen von der Regel gegeben haben", meinte Bernauer, „Roman hat sich bei mir ziemlich lobend über seine Mutter ausgesprochen."

„Ja, Roman war ihr Liebling", bestätigte Mathilde, „er ist charmant, sieht blendend aus, hat die etwas spröde Mechthild immer wieder als Femme fatale bezeichnet und besitzt die fröhliche Leichtigkeit, die ihr der ziemlich humorlose Ehemann nicht bieten konnte. Phantasie war jedenfalls nicht gerade Bertrams Stärke."

„Mechthild Gschwandtner hat Roman sicherlich finanziell unter die Arme gegriffen?"

„Ich denke schon, und sie hat auch zu allen seinen Drehs und Tricks geschwiegen."

„Drehs und Tricks?"

Mathilde war es anzusehen, dass sie dies gerne zurückgenommen hätte.

„Sie könnte da gelegentlich auch gewisse Gratwanderungen goutiert haben", meinte sie vorsichtig. „Was Mechthild entschied, wurde nicht hinterfragt. Einzelheiten sind mir aber nicht bekannt."

So sicher war Bernauer da allerdings nicht.

„Und wie stand sie zu ihrer Tochter?"

„Ich möchte fast sagen, gleichgültig. Das Mädchen hatte seinerzeit einen schweren Unfall und war für den Reitstall nicht mehr geeignet. Aber bei Mechthild war ein Mensch erst ein Mensch, wenn er auf einem Pferd saß, daher war Ada für ihre Mutter kaum etwas anderes als eine Anwesende im Haus. Umgekehrt war es vermutlich ebenso."

„Haben Sie nur annähernd eine Vermutung, was der Grund gewesen sein könnte, dass Ihre Freundin vor der Raststätte panisch aus dem Wagen gestürzt ist?"

„Nein, es ist unvorstellbar", sagte Mathilde, „Mechthild war nervenstark, kontrolliert und stur wie ein Panzer. Die einzige Möglichkeit, dass sie die Nerven verloren hätte, wäre beim Verlust ihres Vermögens gewesen."

„Nicht einmal derartiges konnte sie erfahren haben", sagte Bernauer kopfschüttelnd, „Radio und Telefonanlage waren ausgeschaltet.

Kennen Sie die Haushälterin der Familie Gschwandtner in Salzburg?"

„Josefine? Ja, eine dralle Schönheit, sehr tüchtig, glaube ich, zumindest hat es Bertram gelegentlich behauptet. Könnte ihm schon ganz gut gefallen haben, neben der strengen Mechthild versteht sich, aber es gab niemals Anzeichen dafür, dass da mehr gewesen wäre zwischen den beiden."

Im Wachzimmer Bad Ischl hatte sich inzwischen eine Urlauberin gemeldet, die am Tag des Konzerts auf der Straße vor der Villa Gschwandtners einen Mann gesehen hatte der mit einem Handy zu telefonieren versuchte, während ein anderer am Gartentor auf ihn gewartet habe. Leider war es zu diesem Zeitpunkt bereits so dunkel, dass die Frau sein Gesicht schlecht sehen konnte, außerdem habe sie nicht wirklich darauf geachtet. Der Mann am Gartenzaun war aber sicherlich wesentlich jünger gewesen als der andere, von dem sie dann auch nur die Rückseite richtig wahrgenommen hatte.
Bernauer ließ sich Namen und Adresse der Urlauberin geben, traf die Frau aber im Hotel nicht an. Er hinterließ seine Karte mit Telefonnummer und der Bitte um Rückruf bei der Rezeption und fuhr zur Villa Gschwandtner hinaus, um sich noch einmal umzusehen.

Albert und Adelaide hatten sich nach dem Abendessen bereits in ihre Zimmer zurückgezogen, nur Roman war noch sitzen geblieben, hatte sich an der Bar einen doppelstöckigen Single Malt eingeschenkt und ließ sich durch Lounge Musik aus dem Fernseher berieseln. Seine Laune war nicht eben die beste, denn Bernauer hatte ihn für den nächsten Tag auf das Präsidium bestellt und merkwürdigerweise sollte er dabei in derselben Kleidung erscheinen, die er seinerzeit beim Fest in Bad Ischl getragen hatte. Roman ahnte zwar nicht, wozu das gut sein sollte, aber allein die Tatsache, dass Albert ebenfalls vorgeladen war, stieß ihm doch ziemlich sauer auf.

Als dann etwas später Josefine hereinkam und sich erkundigte, ob er noch etwas benötige, klopfte er einladend mit der Rechten auf den weichen Fauteuil, der unmittelbar neben dem seinem stand.

„Setzen Sie sich zu mir, Josefine", sagte er.

„Keine Gesellschaft?"

„Nein und ich bin heute ziemlich nahe am Whisky gebaut."

Sie lächelte: „Kuschelbedürfnis eines flatternden Seelchens?"

„Oh ja, und Sehnsucht nach verständnisvoller Gesellschaft", bestätigte er und schob ihr die Whiskyflasche zu.

Doch Josefine nahm lächelnd den Tumbler, hielt Romans Blick fest und bedeckte mit ihrem Hauch den glänzenden Rand des Glases bevor ihre Lippen sanft darüber glitten und den golden schimmernden Inhalt aufreizend langsam in ihren sinnlichen Mund und die zarte Kehle einsogen.

Roman griff nach der Flasche und füllte das Glas erneut bis zum Rand.

„Auf eine lange und feuchte Nacht und auf den Stoff, der sie dazu macht" sagte er.

Abwechselnd leerten sie das Glas jetzt in kräftigen Zügen, doch nun übernahm es Josefine, immer wieder nachzuschenken und als dann aufreizend ein Tango Argentino durch den Raum schwang, zog Roman sie hoch und legte seine Hände an ihre Schultern. Seine dunklen Augen sahen sie an und ließen ihren Blick nicht mehr los, während er sich lächelnd in den Hüften wiegte. Seinen Rhythmus aufnehmend drängte sie sich dicht an ihn. Kein Mann hatte sie je so angesehen.

„Mein Gott", flüsterte sie heiser, „es sind diese Wellen, alles schwankt."

Roman zog sie näher an sich. „So soll es sein und Du wirst Dich ganz langsam fallen lassen."

„Lässt Du mich ertrinken?"

„Vielleicht, meine Schöne", lächelte er, „wenn es dem Magier aus dem Whiskyglas gefällt. Dann wirst Du in einem Meer aus Träumen ertrinken."

„Das Meer ist meine Sehnsucht", flüsterte Josefine, „und Du, was wünscht Du Dir?"

„Die warmen, trägen Wellen zwischen Deinen wundervollen Schenkeln, Josefine. Zwischen ihnen möchte ich rettungslos versinken."

Als sie dann sein Mund berührte, war sie verwundert, wie kühl er sich anfühlte.

Doch sie stöhnte auf. Es war ein unerwartet stechender Schmerz, als Roman sie in die Lippe gebissen hatte.

„Tut es sehr weh?" fragte er.

„Ich liebe es."

Gleichzeitig wusste sie, dass sie dieses Spiel nicht weiter zulassen durfte, nicht hier in diesem Raum, oder waren es gerade Spannung und die Lust vor Entdeckung, dass sie in eine seltsam sinnliche Trägheit verfiel, die ihr immer wieder die unterschwellige Macht gab, der sich kein Wesen, egal welchen Geschlechts, entzog?

Als er dann den kleinen Blutstropfen, der durch seinen Biss auf ihrer Lippe stand, zart mit dem Finger aufnahm und über seine Zunge strich, begann sie hastig seinen Gürtel zu lösen und überließ es seinen kundigen Händen, das leichte Kleid, das sie trug, zu öffnen und abzustreifen.

Nur eine winzige Sekunde trat auf ihr Gesicht ein beinahe grausamer Zug der Genugtuung, als sie aus dem Augenwinkel schemenhaft die Gestalt Alberts hinter der Glastür wahrnahm, der offenbar zufällig heruntergekommen war und vor dem Schauspiel auf dem weichen Teppich des matt erleuchteten Wintergartens erstarrt schien.

„Ich kenne ein noch weit besseres Spiel für Dich", flüsterte Josefine, als sie später entspannt nebeneinander lagen, „aber dafür musst Du Dich noch ein wenig gedulden."

Sanft strich sie mit ihren Fingernägeln über die Innenseite seines rechten Oberschenkels.

„Ich will es aber jetzt und sofort."

„Du wirst tun, was ich Dir sage."

Der Schatten Alberts war inzwischen lautlos verschwunden.

Albert lief bereits wartend den Gang auf und ab, als Roman im Polizeipräsidium eintraf. Er trug seinen schwarzen Abendanzug und Roman ein weißes Dinnerjacket.

Anstatt zur Einvernahme in Joschi Bernauers Büro wurden sie für eine Gegenüberstellung in einen andern Raum gebeten.

Merkwürdigerweise begann Albert jetzt nicht zu protestieren, wie es sonst von ihm zu erwarten gewesen wäre, er folgte lediglich dem Beamten mit maliziösem Lächeln in das Zimmer, vor dessen Längswand sich bereits einige unbekannte Männer befanden.

Mit den ihnen zugewiesenen Nummerntafeln traten nun Albert und Roman zwischen die Anwesenden.

Nach einigen Minuten wurde die Gruppe aufgelöst und Roman beauftragt, noch weiter anwesend zu bleiben.

Später hatte man ihm dann mitgeteilt, dass er eben von einer Zeugin identifiziert worden sei. Er wäre der Mann, der in Bad Ischl am Gartentor gestanden sei, als der Restaurator neben dem schwarzen SUV telefoniert habe.

„Sie gaben doch zu Protokoll", vergewisserte sich der Beamte, „dass Sie beim Fest Ihres Vaters nicht bemerkt hätten, wie der Restaurator das Grundstück verließ und zu seinem Wagen ging?"

„So war es auch", bestätigte Roman Gschwandtner, „wen immer auch die Dame gesehen hat, ich bin es nicht gewesen."

Daraufhin wurde die Zeugin, die man vorerst gebeten hatte, noch etwas zu warten, ins Zimmer geholt.

Als die Tür aufging, trat zuerst der uniformierte Beamte ein, kündigte Frau Elvira Rosner an und deutete wortlos durch eine Handbewegung an, sie möge ebenfalls eintreten.

Die Zeugin, eine elegante und streng wirkende Dame reiferen Alters, trat ins Vernehmungszimmer, aber ihr Gesicht zeigte deutlich die Verärgerung über die unvermutete Wartezeit und die joviale Behandlung.

Roman Gschwandtner lächelte charmant, erhob sich sofort und bot der Zeugin seinen Stuhl an.

„Frau Rosner benötigt Ihren Stuhl nicht", wies ihn der Beamte ärgerlich zurecht, aber die Zeugin ignorierte ihn gnadenlos.

„Herzlichen Dank", sagte sie freundlich zu Roman, „ich hoffe nur, das ganze wird nicht so lange dauern, dass ich es nicht stehend erledigen kann."

„Das hoffe ich ebenfalls, gnädige Frau."

Der Beamte wandte sich ärgerlich an Roman: „Unterlassen Sie jede Unterhaltung mit Frau Rosner."

Diese schroffe Bemerkung des Polizisten tat eine letzte üble Wirkung auf die Zeugin und sie sagte kalt: „Erstens bin ich für Sie Professor Rosner und enthalten Sie sich zweitens Ihrer Belehrungen. Kommen Sie zur Sache und fassen Sie sich dabei möglichst kurz."

Die Angelegenheit drohte zu eskalieren.

Der Vernehmende zog abwehrend die Schultern hoch, lehnte sich zurück und fragte nun deutlich akzentuiert: „Frau Professor Rosner, können Sie also bestätigen, dass es sich bei dem hier anwesenden Herrn um denjenigen handelt, den Sie am Gartentor vor der Villa in Bad Ischl gesehen und bei der Gegenüberstellung erkannt haben?"

Roman Gschwandtners Blick war ernst, aber ausdruckslos.

Auch das Gesicht der Frau zeigte keinerlei Regung, doch nach einigen Sekunden der Konzentration antwortete sie bestimmt: „Nein, jetzt, wo ich ihn allein und aus der Nähe betrachte, hat sich die Perspektive geändert. Ich kann vielmehr nun mit Sicherheit sagen, ich habe mich geirrt. Dies ist nicht dieselbe Person, die ich seinerzeit gesehen habe. Der Mann am Gartentor hatte zwar eine gewisse Ähnlichkeit in Größe und Statur, war aber definitiv älter."

„Aber Sie haben ihn doch vorhin ausdrücklich erkannt, er trug sogar dieselbe Kleidung wie seinerzeit."

„Dieselbe Kleidung wie an diesem Abend? Dann ist es überhaupt ausgeschlossen, der Mann am Gartentor trug dunkle Kleidung."

Joschi Bernauer blieb die Luft weg, als er das Ergebnis der Befragung erfuhr. Wie war es möglich, dass eine absolut ernst zu nehmende Zeugin ihre Aussage derart zurücknahm?

Da er bei der Vernehmung nicht anwesend gewesen war, konnte er auch nicht ahnen, dass dies möglicherweise der Erfolg einer psychologisch weniger klugen Ermittlungsführung gewesen sein konnte.

Jedenfalls war damit für ihn wieder einmal eine erfolgreich scheinende Spur im Sand verlaufen.

Da aber die Adresse der Zeugin zwar nicht Linz, aber der nicht allzu weit entfernt liegende Ort Zell war, rief er Markovsky an und bat ihn, Professor Rosner nach ihrer Rückkehr aus dem Urlaub in Bad Ischl noch einmal von der örtlichen Polizei kontaktieren zu lassen.

„Sie ist, soweit ich informiert bin, bereits aus Ischl abgereist", sagte er, „aber ich habe Bedenken, weil sie ihre Aussage so überaus schnell geändert hat, ich glaube ihr einfach nicht."

„Wird trotzdem noch eine weitere Woche warten müssen", meinte Markovsky bedauernd, „wir rüsten uns nämlich bereits für das Treffen der EU-Minister in Linz und brauchen jeden verfügbaren Mann. Fünfhundert uniformierte Beamte und das Bundesheer, alles wird zusammengezogen. Wir errichten sogar Sperrzonen an der voestalpine Stahlwelt und vor den Redouten-Sälen."

„Ein Schicksal, das uns in Kürze ebenfalls ereilen wird", meinte Bernauer wenig erfreut, „Salzburg ist leider das nächste Ziel der erlauchten Damen und Herren Minister, also wird man uns ebenso das Personal entziehen, dabei brennt mir die Angelegenheit unter den Nägeln. Immer und überall wird nur gemauert, egal, wo und wie ich es auch versuche. Aber trotzdem, gib mir bitte Bescheid, wenn Du irgendetwas erreichen konntest."

Inzwischen war das Testament Bertram Gschwandtners eröffnet worden und brachte für Roman eine böse Überraschung.

Albert Gschwandtner war vom Vater zum Haupterben und Verwalter des Vermögens bestimmt worden. Adelaide wurde mit einem ansehnlichen Barbetrag, lebenslangem Wohnrecht und standesgemäßer Versorgung ausgestattet und auch Roman erhielt zu einer niedrigeren Summe Handgelds, Wohnrecht und eine solide, monatlich zu überweisende Apanage.

Noch nicht schriftlich verfügt worden war allerdings über den Besitz in Bad Ischl samt Gemälden und sonstigen Gegenständen, denn dazu hatte Bertram Gschwandtner ganz offenbar die Zeit gefehlt.

„Mein ältester Sohn, Dr. Albert Gschwandtner, ist zwar ein holzköpfiger Banause, aber er wird das Vermögen anständig zu seinem und dem seiner Geschwister Vorteil verwalten", waren die letzten Worte Bertram Gschwandtners in seinem Testament.

Nachdem der Notar den Schlusssatz vorgelesen hatte und Albert blass geworden, aber gefasst geblieben war, sagte Roman, mühsam seinen Zorn beherrschend: „Dies kommt für mich überhaupt nicht in Frage, nimm das zur Kenntnis."

„Es wird so geschehen, wie Vater es gewünscht hat", antwortete Albert scharf.

„Und was wird aus der Schenkung in Bad Ischl?" fragte Adelaide.

„Es gibt keine Schenkung", erwiderte Albert eisig, „und unsere weiteren Dispositionen werde ich Euch rechtzeitig mitteilen."

„Streift Dich vielleicht ein Anflug von Cäsarenwahn?" fragte Roman aufgebracht und tippte sich an die Stirn.

Adelaide sah hilfesuchend den Notar an.

„Nun ja", begann dieser zu vermitteln, „es geht hier schließlich nicht um die Überbewertung kleiner Wehwehchen, im Gegenteil, man sollte wirklich nicht allzu viel aufteilen. Was Ihnen hier zusammen gehört, sollte womöglich auch zusammen bleiben."

Roman lachte zornig auf, stieß unhöflich und laut den Stuhl zurück und stürmte aus der Kanzlei.

Albert folgte dem Notar noch in steifer Würde zu dessen Sekretärin um einige Formalitäten zu erledigen, nur Adelaide blieb unbeachtet und alleingelassen in dem dunklen altmodischen Büro des Notars zurück.

Sie war allerdings nicht unzufrieden, denn ab sofort würde auch für sie dieses richtige Leben beginnen, das man ihr stillschweigend und autoritär immer verweigert hatte.

Für Bernauer hatte sich inzwischen ein kleiner Lichtblick gezeigt.

Nach dem Tod des Restaurators in Bad Ischl wurde zwar das Handy nicht gefunden, aber aus seinen Unterlagen konnte der Betreiber ausfindig gemacht werden und so war jetzt eine Liste mit den Gesprächen des letzten Monats zusammengestellt worden. Eine Salzburger Telefonnummer war beinahe täglich angerufen worden, unter anderem auch an dem Abend, an dem der Restaurator tot aufgefunden wurde und damit war nun der letzte Gesprächspartner Edmund Hirschlers festgestellt.

Nach der missglückten Zeugenvernehmung der Urlauberin aus Bad Ischl ging Bernauer kein weiteres Risiko mehr ein und ließ den Mann zu sich ins Präsidium vorladen.

Mag. Anton Krüll betrat das Zimmer und Bernauer traute seinen Augen nicht, so lebensecht stand Karl Lagerfeld vor ihm. Erst nachdem Krüll nähergekommen war, wurde deutlich, dass es hauptsächlich die Aufmachung war, die diesen Eindruck entstehen ließ.

Zielsicher kam er auf den Schreibtisch Bernauers zu, nahm aber dann mit etwas weiblich gezierter Pose auf dem angebotenen Stuhl Platz.

Nach den üblichen Formalitäten gab er an, vorwiegend im Antiquitätenhandel tätig zu sein. Bernauer, der knapp zuvor eine Royal Oak am Handgelenk des Mannes gesehen hatte, fragte nun lächelnd: „Gratuliere, da müssen Sie bei dem derzeitigen Kunstboom ja ziemlich vermögend sein?"

„Reich bin ich leider nicht", wehrte Krüll lächelnd ab, „ich habe ,Das Kapital' nur gelesen."

„Gebildet", dachte Bernauer.

Tatsächlich stellte sich heraus, dass Krüll als fachmännischer Berater in der Kunstgalerie Richard Ferber beschäftigt war und natürlich auch Verkäufe abschloss.

„Mein bescheidenes Dasein friste ich über Provisionen, wenn es mir gelingt, einen der mehr oder weniger Kunstverständigen zum Ankauf eines Bildes zu bewegen, wir führen aber auch Skulpturen und ähnliches", fügte er erklärend hinzu.

„Das macht auf mich doch einen ziemlich kostspieligen Eindruck", stellte Bernauer fest.

„Nun ja", gab Krüll etwas hochfahrend zur Antwort und straffte die Schultern. „Unsere Klientel erwartet erste Qualität und muss daher auch willens sein, entsprechende Mittel dafür aufzubringen."

„Und Sie führen einen Kunden beratend und sachkundig an ein Kunstobjekt heran?"

„Oh ja, natürlich", bekräftigte Krüll, „hier darf keinerlei Panne geschehen."

„Ich verstehe. Sie haben Ihre umfassende Sachkenntnis vermutlich im Laufe des Handels erlangt?"

„Natürlich auch, aber grundsätzlich habe ich ein Studium in Malerei und Skulptur an der Akademie der bildenden Künste in Wien abgeschlossen, später auch noch Kunstgeschichte", kam die Antwort, „habe mich dann in Afrika und Indien herumgetrieben, wo uns eben die Zeit von Sex, Drugs & Rock'n Roll so hingeführt hat. Aber trotz aller Bemühungen, um kreativ künstlerisch tätig zu werden, fehlt mir leider die Inspiration. Ich bin der geborene Theoretiker mit zielsicherem Urteil, aber für die bildende Kunst im bedeutenden Sinn leider zu wenig begabt."

„Aber ein Ass in der Heimat des Kunsthandels."

„Ich glaube sagen zu dürfen, Herr Ferber weiß meine Dienste zu schätzen."

Nun war es Zeit für Bernauer, zur Sache zu kommen.

„Bei einem Handel mit gebrauchten Kunstgegenständen liegt es doch irgendwie nahe, dass Sie sich ziemlich eingehend auch mit der Restaurierung verschiedener Exponate befassen? In Ihrer Galerie werden ja sicherlich auch Gemälde angeboten, die einer mehr oder weniger gründlichen Behandlung bedürfen."

„Ja, unbedingt, die Bilder renommierter Meister erfordern sehr oft eine Ausbesserung und Reinigung oder auch nur eine Auffrischung."

„Hatten Sie Kontakt zu Edmund Hirschler?" fragte Bernauer jetzt direkt.

Anton Krüll nickte kummervoll.

„Ja", sagte er traurig, „er war so etwas wie mein Lebensmensch."

„Wie lange schon?"

„Seit mehr als dreißig Jahren."

Bernauer betrachtete mitleidig den nun ziemlich geschrumpften Mann.

„Und er hat auch noch kurz vor seinem Tod mit Ihnen telefoniert."

„Es muss wohl so gewesen sein", stellte Krüll fest.

„Worüber haben Sie da gesprochen?" fragte Bernauer.

Übergangslos nahm Krüll jetzt wieder seine selbstsichere Haltung ein, aber Bernauer empfand dies jetzt eher als abwehrend oder sogar lauernd.

„Also", meinte er hartnäckig, „worüber haben sie gesprochen?"

Krüll war nun sichtlich auf der Hut.

„Edmund hat mich gefragt, ob in unserer Galerie eines der Bilder aus der Sammlung Gschwandtners zum Kauf angeboten worden sei."

„Und? War es so?"

„Nein, nicht über uns, das habe ich ihm gesagt."

„War das alles? Sie haben sich nicht nach dem Grund seiner Frage erkundigt?"

„Nein. Dies betraf nur seine Geschäfte und war für mich nicht relevant."

„Wieso hat dieses Gespräch dann acht Minuten gedauert?"

„Der Rest war rein privat und hatte damit nichts zu tun."

Mehr war dann nicht mehr aus ihm herauszuholen, aber Bernauer vermutete, dass hier eine bedeutende Sache lief, an der Krüll zumindest beteiligt war. Ob der Restaurator mit von der Partie gewesen oder zufällig hineingeraten war, blieb zur Zeit noch ungewiss.

Fest stand nun jedenfalls: Ein Telefongespräch des Restaurators mit Krüll vor dem SUV hatte stattgefunden, nur die Identität des Zuschauers am Zaun war nicht geklärt.

Konnte es Albert gewesen sein? Er hatte einen dunklen Anzug getragen.

Womöglich, hoffte Bernauer, hatte Mathilde Donnersmark doch noch eine ihr unbedeutend erscheinende Beobachtung gemacht oder gesehen, in welche Richtung sich die beiden Brüder vom Tisch des Vaters entfernten oder wenigstens einer von ihnen.

Er griff zum Hörer und ließ sich mit dem Wachtposten in Bad Ischl verbinden.

„Das könnte sogar sehr schnell gehen", kam ihm der dortige Kollege entgegen, „die Streife ist ohnehin unterwegs und vielleicht kann unser Mann die Befragung gleich durchführen. Sie waren in der Sache mit Frau Donnersmark ja schon in näherem Kontakt."

„Ja natürlich, sie weiß Bescheid und war auch sehr hilfsbereit."

Nach ungefähr zwanzig Minuten kam ein Rückruf aus Bad Ischl. Der Beamte hatte vor Mathildes Villa den Wagen Dr. Albert Gschwandtners stehen gesehen und angenommen, dass eine Befragung der Zeugin in Gegenwart Gschwandtners nicht erwünscht sei.

„Besser hätte ich es selbst nicht machen können", meinte Bernauer erstaunt aber zufrieden.

„Ist es in Bad Ischl bekannt, dass die beiden Kontakt zu einander haben?"

„Keine Ahnung", meinte der Ischler Kollege, „aber das findet sich sehr schnell und wegen der Befragung der

Donnersmark, das erledigen wir sofort, wenn der Doktor aus dem Haus ist."

Bernauer überlegte: „Warten wir mit der Befragung noch ab, erst möchte ich wissen, wie die beiden zueinander stehen."

Adelaide hatte sich vorgenommen, ein neues Leben zu beginnen und war nun voll in ihrem Element. In Begleitung Josefines durchforstete sie die Getreidegasse nach den neuesten Herbstmodellen, die bereits ihren Einzug in die meisten Auslagen gefunden hatten.

Kurze Zeit später lagerten dann schon drei elegante Einkaufstüten auf Adas Schoß, als plötzlich Josefine, die als Paketträgerin ebenfalls bereits ziemlich ausgelastet war, in ein bewunderndes „Oh Gott, den kenn' ich ja noch gar nicht", ausbrach und auf einen Rucksack von Luis Vuitton zeigte, der voll im Blickfeld der Geschäftsauslage platziert war.

„Den müsste man sich leisten können", sagte sie und betrachtete ihn begehrlich von alles Seiten.

„Nachtigall, ick hör dir trapsen", grinste Adelaide schief. „Wenn es sich also gar nicht umgehen lässt, können Sie noch ein weiteres Paket mitschleppen?"

Josefine nickte freudig. „Ja, ja, das könnte ich, aber es ist mir unangenehm, ich hinterlasse da womöglich einen unverschämten Eindruck."

„Das ist nun einmal das Wesen des Hinterlassens", stellte Adelaide kryptisch fest, „es beruht auf dem Hinterlassen vor dem Hinterlassen."

Josefine schüttelte verständnislos den Kopf, nahm den heißbegehrten Rucksack in Empfang und eine dazu passende Leine, denn man war übereingekommen, sich bei Gelegenheit auch ein Hündchen anzuschaffen.

Bernauer hatte inzwischen aus der Wachstube Bad Ischl erfahren, dass der Wagen Albert Gschwandtners laufend vor dem Haus Mathilde Donnersmarks gesehen werde und die Gerüchteküche war allein schon wegen der interessanten und vielleicht etwas ungewöhnlichen Details bereits in Dauerbetrieb.
Erstens wurde Albert Gschwandtner bisher, von Handwerkern und den üblichen notwendigen Dienstleistern abgesehen, von den Nachbarn als der einzig männliche Besucher in der Villa Donnersmark registriert, und zweitens kam der Altersunterschied zwischen Albert und Mathilde geschätzt auf gut zwanzig Jahre, wodurch eine womöglich intimere Beziehung natürlich weit mehr an Diskussionsstoff hergab, als dies zum Beispiel bei Gleichaltrigen gewesen wäre.
Tratsch trug zwar sehr oft die merkwürdigsten Blüten, aber unter den gegebenen Umständen noch eine integre Aussage Mathilde Donnersmarks in Bezug auf Alberts An- oder Abwesenheit zu erwarten, grenzte wohl eher schon an Wunschdenken.

Josefine war in Hochstimmung. Der bloße Gedanke an den neuen, unvermutet erworbenen Luxus-Rucksack lief ihr durch die Adern wie Feuerwasser. Das war Luxus, das war Leben, ihr Leben. So wie sie es sich gewünscht und auch verdient hatte.

Ihre elegante Wohnung in dem schönen alten Bürgerhaus bestand zwar nur aus zwei hellen, hohen Räumen, aber es war bei den Kosten für deren Sanierung und denen der Nebenräumlichkeiten nicht gespart worden.

Außerdem gab es auch noch Roman und dieser Faktor war absolut ausbaufähig. Außerdem mochte sie ihn.

Adelaide erschien bester Laune zur abendlichen Mahlzeit.

„Stellt Euch vor", platzte sie sofort heraus, „ich habe heute auf einer kleinen Kunstausstellung am Domplatz zwei nette Studenten für den Bridgenachwuchs requiriert."

„Bist Du noch zu retten?" fragte Albert, „Du gehst unter die Keiler für Euren Club, willst Du uns wirklich mit Gewalt lächerlich machen?

„Wieso denn lächerlich?" erwiderte honigsüß Adelaide. „Ich bringe wenigstens junges Leben ins Bridge-Geschehen. Vater wäre natürlich noch mehr über eigenen Nachwuchs erfreut gewesen, sofern Dir derartiges gelungen wäre, wenn Du schon für Bridge und Mathematik zu schwach bist."

Albert schwieg.

„Und so habe ich jetzt beschlossen", fuhr Adelaide grinsend fort, „dass ich, da auf Clubebene keine Bridgekurse stattfinden, die Einführung der beiden hier im Haus selbst in die Hand nehmen werde und, soweit ich dies beurteilen kann, interessiert sich auch Josefine sehr für Bridge. Also kann sie ebenfalls daran teilnehmen."

Als sich Albert erhob, fügte Roman nach kurzem Augenkontakt mit seiner Schwester schnell hinzu:

„Da bin ich mit von der Partie. Eine ausgezeichnete Idee."

Albert bedachte ihn mit einem vernichtenden Blick und verließ wortlos den Raum.

„Auch wenn er Vaters Kaffee unendlich vermisst, sollte Albert vor dem Dessert nicht weglaufen", feixte Roman, „man könnte sich doch noch so nett unterhalten. Zum Beispiel: Wie war denn nun Dein Tag, Bruder?"

„Vaters Fußstapfen sind eben viel zu groß", sagte Adelaide, „das trifft ihn in der Seele. Man sollte sich seiner annehmen."

„Du sagst es, Lady Macbeth!"

„Zu viel der Ehre, mein Bester, Albert fehlt das Format König Duncans und ich bin nicht dabei verrückt zu werden."

„Wer sind denn nun diese Studenten, die Du da aufgegabelt hast?" nahm Roman das Gespräch von vorhin wieder auf, „und wie seid Ihr denn überhaupt auf das Thema Bridge gekommen?"

„Es sind zwischen den verschiedenen Bildern auch einige Portraitzeichnungen gelegen und sie schienen mir sehr gelungen zu sein, ich meine jetzt von der Technik her.

Einer der Burschen hatte mein Interesse bemerkt und mich gefragt, ob ich ihm nicht auch Modell stehen möchte, er könnte sich da ein Ölbild im höchst pompösen Rahmen vorstellen.

Da habe ich gelacht und gesagt, dass er mit diesem Auftrag erst dann rechnen könnte, wenn ich Präsidentin meines Bridge-Clubs werden sollte, da wäre mein Bild an der Wand sicherlich standesgemäß. So sind wir auf Bridge gekommen und dabei habe ich ihn und seinen Freund sozusagen an Land gezogen."

„Aber Dir ist schon klar, dass Du da wildfremde Leute zu uns einlädst?" fragte Roman.

„Aber das wäre doch wunderbar, ich würde so gerne dabei sein", bettelte Josefine, „das habe ich mir doch die ganze über Zeit gewünscht."

„Nun ja, wenn es alle glücklich macht und Du die Sache organisierst, starte Dein Projekt", gab Roman seine Zustimmung und verschlang dabei Josefine mit sehnsüchtigen Augen.

Natürlich war die unerwartete Bereitschaft Romans zur Verwirklichung der Pläne Adelaides nicht von seiner Nachgiebigkeit und brüderlichen Liebe getragen. Denn unter Betrachtung dieser für sie erfreulichen Umstände war ihm Josefine dann doch wohl einiges schuldig, besonders, wenn sie sich auch weiterhin sein Wohlwollen sichern wollte.

So war Josefine auch nicht besonders überrascht, als Roman, der sich zusammen mit Adelaide zurückgezogen hatte, nach kurzer Zeit wieder zurückkam und ihr das Tischtuch aus der Hand nahm.

„Mylady", sagte er, „Freund Whisky vermisst unsere Gesellschaft, wollen wir ihn denn immer weiter leiden lassen?"

Sie zog langsam die Schultern zurück und musterte ihn abwägend.

„Oben ist es dabei sicher gemütlicher", sagte Roman leise aber bestimmt und berührte flüchtig ihre Lippen mit den seinen.

Josefines Lächeln nahm wieder diesen grausamen Zug an, der ihren Opfern stets gnadenlose Unterwerfung bescherte.

„Freund Whisky lebt und liebt nur in diesem Raum und auf diesem herrlichen Teppich, wie ein alter Baum, den man nicht mehr verpflanzt."

Sie schob einen schwarzen Spitzenträger, der sich wie unabsichtlich aus dem lockeren Ausschnitt ihres dünnen Oberteils geschoben hatte, zur Seite.

„Du machst mich wahnsinnig", flüsterte er gepresst, zog das störende Shirt über ihre Schultern und seine Lippen wanderten begehrlich über den vollen Busen bis in die kleine Wölbung, die aufreizend und ungeschützt zwischen ihren Brüsten lag.

Sie schob ihn zurück, doch dann lächelte sie.

„Was denn nun, kein Whisky?"

„Du kriegst Deinen Whisky, sadistisches Weib."

„Später", flüsterte sie, „jetzt ist alles perfekt. Das herrliche Gefühl, das da lauernd zwischen meinen Zehen hockt, ist warm und feucht für Dich hinauf gewandert." Unter dem beredten Druck Romans kräftiger Arme wanderten Josefines Lippen seinen Körper hinunter. Genau so musste es sein. Nur hier und jetzt wollte sie diese Begegnung ausleben, denn Josefine hoffte inständig, Albert würde wieder auftauchen und ihr gefährlich aufreizendes Spiel auf dem wunderbar weichen Teppich des Wohnzimmers beobachten. Ein Genuss allerdings, der ihr diesmal versagt blieb.

„Du schuldest mir noch etwas", sagte Roman, als sie später wieder voneinander abgelassen hatten, „eine völlig neue Erfahrung. Ich kann jetzt einfach nicht länger warten."

„Du wirst mich unterstützen und dafür sorgen, dass ich Bridgespielen kann, auch im Club?" Sie strich ihm sanft durch den geringelten Haarschopf über seinen Beinen.

„Mach Dir keinerlei Gedanken, ich lerne schnell."

„Genau wie ich, halte also Dein Versprechen, dann wirst Du spielen können, wann und wo Du willst, unausgesetzt, nur nicht jetzt."

„Gut. Dann darfst Du meine Füße küssen, oben, in meinem Bett."

Josefine hob ihre Kleidungsstücke auf und legte sie über den Arm. Mit unmissverständlicher Geste nahm sie Roman die seinigen aus der Hand, als er sich zumindest oberflächlich anziehen wollte.

„Wir gehen, wie wir sind", sagte sie und Roman, der Glücksspieler und Hasardeur überwand jeglichen Vorbehalt und folgte ihr nackt durch das Stiegenhaus in ihre Räume.

Nachdem sie mit dem Zeigefinger auf eine kleine Auswahl kostspieliger Whiskys gedeutet hatte, verschwand Josefine in das angrenzende Schlafzimmer. Roman griff zerstreut nach der nächstbesten Flasche und kam hinterher.
Überrascht blieb er im Türrahmen stehen.
Josefine räkelte sich, verborgen unter einer dunkelroten Samtdecke, auf dem Bett, sodass er nur ihre hell schimmernden angewinkelten Beine sehen konnte, die ihn mit wundervollen High heels von Manolo Blahnik, deren scharlachrote Sohlen sich wie Feuer in seine Augen brannten, zum Anfassen lockten.
„Wie findest Du sie?"
„Was meinst Du?" fragte er heiser.
„Die Manolo Blahniks natürlich", antwortete sie.
„Sie sind umwerfend."
„Deinem Vater verdanke ich all diese zauberhaften Schätzchen", stellte sie mit Genugtuung fest.
„Er war völlig süchtig nach diesen göttlichen Modellen und all den wahnsinnigen, verrückten Möglichkeiten sie zu genießen. Selbstverständlich dachten wir uns immer wieder neue, erfreuliche Spiele aus."
Stolz zeigte sie mit dem Finger nach oben.
Dort trug die ausladende Wandkonsole eine Reihe gefährlich glänzender Stilettos und versprach die eroti-

sche Erfüllung aller phantastischen Wünsche eines besonderen Kenners.

Roman begriff: Diese herrlichen Schuhe waren ein Fetisch seines Vaters gewesen und er selbst wäre nicht dessen Sohn, würde er nicht genießen, was ihm hier so überraschend und für ihn völlig neu geboten wurde.

„Du fürchtest Dich, Teuerster? fragte sie provokant.

„Schranken der Abscheu ehrsamer Bürgerlichkeit?"

Roman kam bedrohlich näher.

„Ich bin die Grenze", sagte er hart, „der Gipfel, ich bin Gott."

„Überzeuge mich."

Ehe Joschi Bernauer zum ersten Espresso des Tages gekommen war, meldete sich das Diensttelefon.

Störenderweise wurde er sofort ins „Allerheiligste" gebeten, denn Hofrat Sassmann wünschte ihn dringendst zu sprechen.

„Bernauer", begann er ohne weiteres Vorgeplänkel, „wo stehen wir im Mordfall Bertram Gschwandtner?"

„Noch immer so gut wie am selben Fleck", antwortete Bernauer.

„Und das ist?"

„Die Sicherheit, dass Dr. Gschwandtner mit einem Pflanzenschutzmittel vergiftet wurde und das ist auch schon so ziemlich alles. Allein bereits das „Wie" konnte bis dato nicht geklärt werden, es fehlen einfach jegliche Spuren. Warum Mechthild Gschwandtner aus ihrem Wagen geflohen ist und unter die Räder des Reisebusses geraten ist, bleibt ebenfalls ein Rätsel. Warum der Restaurator Hirschler sterben musste und wie man dabei zu Werke gegangen ist, konnten wir leider bis jetzt auch nicht herausfinden. Jede Spur verläuft schließlich irgendwo im Sand, egal wie man sie dreht oder wendet."

Hofrat Sassmann blickte sorgenvoll auf seine perfekt manikürten Fingernägel.

„Sie wissen natürlich, dass sich jetzt die gesamte Elite der Europäischen Union in Salzburg aufhält, dadurch haben Sie ja schlimmer Weise auch für diese Zeit jeden ermittelnden Beamten verloren. Müssen höllisch aufpassen jetzt, wehe, wenn uns hier in Salzburg eine Panne unterlaufen sollte."

„Das halte ich kaum für möglich", sagte Bernauer überzeugend, denn in seiner gegenwärtigen Situation konnte eine Panne nur schlicht und einfach bedeuten, dass er noch weniger wusste als nichts, aber auch das würde den sicheren Schlaf der ehrsamen Sippschaft aus Brüssel nicht stören, ihr fester Hort blieb die EU.

„Es könnte ja plötzlich eine Überraschung geben", meinte Sassmann grübelnd, „eine böse Fortsetzung, meine ich, schließlich handelt es sich bei Gschwandtners um eine höchst angesehene Familie, die in den besten Kreisen verkehrt. Hoffentlich bleibt inzwischen zumindest der Rest des Clans am Leben."

Er starrte beschwörend auf Bernauer.

„Ganz schlimm wäre es natürlich, wenn das Thema unglückselig in der Presse erwähnt oder gar plötzlich wieder akut würde."

„Hofrat Sassmann", versicherte ihm Bernauer, obwohl er so seine Zweifel hegte, „ich verspreche Ihnen, dass nichts dergleichen zu einem Tagesthema werden wird."

„Na, wenn Sie es sagen."

Als Bernauer dieses „Walhalla" samt seinem nervösen Hofrat Sassmann verlassen hatte, versuchte er sich umständlich am allgemeinen Kaffeeautomaten des Hauses zu bewähren, denn offensichtlich hatte sich sogar die Espressomaschine in seinem Zimmer gegen ihn verschworen und versagte ihm plötzlich den geschuldeten Dienst.

Und jetzt erst kam es ihm zu Bewusstsein: An diesem Tag war alles leer, die Treppen, die Flure und sogar der riesige Parkplatz vor dem Haus schien unbeschäftigt zu gähnen.

Im Großen und Ganzen berührte ihn das stets aufwändige Politgetümmel herzlich wenig, doch angesichts solcher Maßnahmen fragte er sich dann schon, warum denn die Meute dieser Hochbezahlten so sorgfältig bewacht werden musste, wenn dem kleinen Mann auf der Straße ständig versichert wurde, das Land sei so sicher wie eh und je und alles andere wäre bösartige Stimmungsmache.

„Semper idem", dachte er, aber beruhigend war, dass er momentan ohnedies nicht gewusst hätte, womit er seine Leute beschäftigen sollte.

Adelaide gab die erste Bridge-Einladung für ihre privaten Schüler am Nachmittag des nächsten Sonntags.

Josefine hatte bereits die Bidding Boxen auf dem grünen Filztuch des Spieltisches platziert, die vorgemischten Boards lagen auf einem Stuhl neben Adelaides Platz und jeder der vier Spieler hatte ein Beistelltischchen zur Verfügung, auf dem er sein Getränk und leichtes Gebäck abstellen konnte.

„Josefine", fragte Adelaide bereits zum dritten Mal: „Sind Kaffee und Kuchen bereit?"

„Alles bestens", war die Antwort.

Noch bevor die beiden Studenten eingetroffen waren, hatte sich sogar der unverlässliche Roman zu ihnen gesellt.

„Du wirst sicher Unterstützung brauchen", sagte er, „drei Anfänger sind für jeden Lehrer etwas anstrengend."

Adelaide war die Erschütterung deutlich anzusehen. Roman unterstützte sie zum zweiten Mal freiwillig in einer Angelegenheit, die für ihn absolut langweilig sein musste, anstatt, wie gewohnt, seinen umfangreichen Vergnügungen nachzugehen.

„Und wo sitzt dabei der Haken?"

„Wieso Haken?" fragte er heuchlerisch.

Ada schüttelte den Kopf und sah auf die Straße hinunter.

Roman grinste. Wie gut sie ihn kannte, aber diesmal konnte Ada wirklich nicht ahnen, wo sein Vergnügen lag und er genoss wieder und wieder die Erinnerung an das köstliche Gefühl, das ihm erstmals durch Josefines exotische Liebeskunst beschert worden war.

Der Nachmittag verlief überaus harmonisch, die beiden jungen Männer hatten sich mit Blumen für Adelaide eingestellt und man genoss Kaffee und Kuchen bei absolut fröhlicher Unterhaltung. Die umsichtige Josefine trug ein schwarzes, sehr engsitzendes Kleid und bereits nach kurzer Zeit hatte sich auch der dicke blonde Zopf aufgelöst, sodass ihr Haar das freundliche Gesicht mit lockigem Goldgespinst umrahmte.

Jetzt erfasste Adelaide schlagartig die Triebfeder der Hilfsbereitschaft Romans.

„Auch gut", stellte sie bei sich fest, „solange er mich unterstützt, soll es mir recht sein."

Außerdem hatte die Angelegenheit einen weiteren unterhaltsamen Effekt. Da Josefine nicht zur Gesellschaftsschicht der Familie gehörte, würde Albert platzen, wenn er hoffentlich bald dahinterkam.

Als sich später die kleine Runde zufrieden auflöste, war man bereits übereingekommen, den gemütlichen privaten Bridgekurs zweimal pro Woche fortzusetzen.

Alberts Laune schien sich, obwohl er beruflich sein Ziel erreicht hatte, jetzt nur noch zu verschlechtern. Bei den gemeinsamen Mahlzeiten saß er mürrisch am Tisch und begann jetzt auch über das Wochenende zu verreisen.

Nach einem dieser Wochenenden folgte dann der Paukenschlag. Albert hatte, ohne seine Geschwister darüber zu informieren, einen Sachverständigen bestellt, der die Bilder in Bad Ischl begutachten und katalogisieren sollte. Dabei hatte sich herausgestellt, dass zwei der Bilder entweder gefälscht waren oder es waren Fälschungen dieser Originale am ausländischen Markt unterwegs. Das ganze musste erst genauer untersucht werden.

Albert hatte Adelaide und Roman in das beeindruckende Arbeitszimmer, das in seinem gewohnten Zustand belassen worden war, gerufen. Während er angelegentlich eine Mappe durchblätterte, eröffnete Albert das Gespräch in gereiztem Ton:
„Durch einen Fachmann, den ich vermutlich zu spät beauftragt habe, wurde festgestellt, dass mindestens zwei Gemälde von Vaters Galerie in einen Fall von Bilderfälschung verwickelt sind. Fakt ist jedenfalls, dass die gleichen Bilder auch im Besitz russischer Sammler sind. Wenn mir einer von Euch dazu etwas mitzuteilen hat, erwarte ich die Antwort jetzt."
Sowohl Ada als auch Roman sahen ungläubig auf.
„Du machst Witze", sagte Roman, sichtlich verärgert.
„Ich mache niemals Witze", konterte Albert eisig, „und wenn wir jetzt auf keinen gedeihlichen Zweig kommen, werde ich selbstredend die Polizei einschalten müssen."
Adelaide schlug mit beiden Handflächen auf die Tischplatte.

„Bist Du verrückt?" fuhr sie ihn an, „wer ist er denn überhaupt dieser ominöse Fachmann? Lässt Du Dich aufhetzen und dann über den Tisch ziehen? Du! Ein Wichtigtuer ohne Kunstverstand."

Albert erhob sich langsam: „Wenn das wirklich alles ist, was Ihr dazu zu sagen habt, wird mir langsam einiges klar. Dann weiß ich auch, wohin das Bild aus Vaters Arbeitszimmer verschwunden ist."

„Wenn Du es weißt, dann teile uns das ohne Geschwafel mit, bevor ich mich vergesse."

Roman saß zwar noch ruhig auf seinem Stuhl, bot dabei aber schon einen unheilvollen Anblick.

„Du hast Dich bereits vergessen", schrie Albert, „Du treibst es mit dieser Dienstbotenschlampe sogar auf dem Wohnzimmerteppich. Was zahlst Du dafür?"

Adelaide fiel aus allen Wolken. Albert ein Voyeur? Das konnte sie einfach nicht glauben und wenn er schon Zeuge der Romanze geworden war, so musste es ein Schock für ihn gewesen sein. Unter anderen Umständen fände sie ihn sogar bedauernswert, jedoch nicht jetzt, wo er sie eben frontal angegriffen hatte. Ada genoss also die peinliche Stille und goss dann noch Öl in das züngelnde Feuer. Schließlich hatte sie auch unter den Lieblosigkeiten Alberts schon mehr als genug gelitten.

„Wie kann man nur so gewöhnlich sein? Du Albert, ganz offensichtlich ein Voyeur, Du nennst Josefine eine Dienstbotenschlampe? Ich frage mich wirklich, wer hier aus der Gosse kommt. Vater hatte schon Recht,

Du hast keinen Sinn für Stil, natürlich wollte er da seine Sammlung durch eine Stiftung absichern."

„Du bist kein Jota besser als Dein Bruder", geiferte Albert, „rührst keinen Finger, interessierst Dich nicht für die Familie und ihre Belange, auch nicht, wie ich das Geld für Eure Lebensführung herbeischaffe und hast schon bei dem Grundstück, das uns Mutter geschenkt hat, mit Roman gemeinsame Sache gegen mich gemacht."

„Ach, das ist Deine Sorge", grinste Adelaide, „sei versichert, sogar wenn Dir jetzt nur noch ein Drittel unseres Grundstücks gehört, ich lasse mit mir reden und sollte Dir in Zukunft irgend etwas am Herzen liegen, ich bin für Dich da."

„Ihr beide habt von Anfang an ein Komplott zu Eurem Nutzen geschmiedet", fauchte Albert, „aber ich lasse Euch auffliegen, überlegt es Euch gut, Ihr habt einiges zu verlieren."

„Albert", sagte Adelaide ernst, „falls das eben eine Drohung gewesen sein sollte, die Polizei rätselt noch immer über die Ursache von Mutters Unfall am Walserberg."

„Ein Unfall eben, wie er immer wieder geschieht, oder solltest Du vielleicht mehr wissen?"

„Vielleicht", lächelte Adelaide, „Mutter wollte zur Anrainerverhandlung nach München und wenn ich richtig informiert bin, lehnte sie die Zufahrt zum Wellnesshotel an der Grundgrenze zu unserem Reítstall ab. Dies wollte sie den Besitzern des Hotels gleich vorab gründlich verdeutlichen. Ein schweres Handicap für Deine

Pläne, so ganz ohne Verbindung vom Reiterhof zur Wellnessanlage daneben. Ist eigentlich ganz praktisch, dass sie nicht mehr im Weg steht. Oder?"

Alberts Ton verschärfte sich.
„Diesen Nutzen hattest Du doch genau so im Auge. ‚Was soll denn der Traditionsquatsch?' hast Du wörtlich gesagt. Mutters Tod kam Dir also auch nicht gerade ungelegen", fiel ihr Albert in die Parade.
„Aber mir hängst Du ganz sicherlich nichts an, ich bin an den Rollstuhl gefesselt und war auch nicht am Unfallort, das ist hinlänglich bewiesen. Je mehr ich aber alles Revue passieren lasse: Nur Du kommst für einen Sabotageakt in Frage."
Albert schüttelte verständnislos den Kopf.
„Du willst also krampfhaft Zusammenhänge finden, wo es keine gibt?"
„Das einzige, das mich an Deiner Mitwirkung zweifeln lässt, ist, dass Phantasie und Humor Zeichen von Intelligenz sind."
Damit setzte Adelaide ihren Rollstuhl in Bewegung, hielt aber an der Tür noch kurz an. „Nur eine kleine Denkhilfe von mir", sagte sie, „Josefine hat ein bemerkenswertes Talent zum Bemalen der Fingernägel, vielleicht ist sie es, die unsere Bilder gefälscht hat."
Albert schwieg.
„Und nicht vergessen, toujours l'amour", ätzte Roman und schickte sich an seiner Schwester zu folgen.
„Verschwinde", sagte Albert, „Du kotzt mich an."

„Wieso ich? Weil ich aus dem Schneider bin, da mir Mutters Tod nichts einbrachte?"

„Du hast schließlich einiges von ihr geerbt."

„Kein Grund für mich. Mütterchen war immer und jederzeit seinem Sonnenschein herzlich zugetan."

„Du bist ein hinterhältiger, böser Mensch."

„Sieh es mal so, Anwalt. Ein angeknurrter Hund knurrt auch irgendwann zurück."

Die Stille in Bernauers Büro schien immer gegenständlicher zu werden. Vielleicht hatte sogar das Verbrechen dem beeindruckenden Aufmarsch der Honoratioren aus aller Herren Länder Rechnung getragen, indem es sich ruhig verhielt und Bernauer samt dem unerledigten Bündel mysteriöser Todesfälle lähmend über seinem Schreibtisch verkümmern ließ.

Als sich daher plötzlich der für ihn bereits ungewohnt gewordene Klingelton seines Diensttelefons meldete, zuckte er heftig zusammen, stellte aber dann hocherfreut fest, dass sich Kollege Markovsky aus Linz am anderen Ende der Strippe befand.

„Joschi", sagte er boshaft, „was machen Deine Leichen?"

„Sie sind tot."

„Nicht ein Funken Kreativität", stellte Markovsky fest, „aber was hältst Du denn davon? Ich habe mir Professor Rosners Aussage noch einmal vorgenommen und wette darauf, dass sie gelogen hat, also lasse ich die

Lady ein weiteres Mal vernehmen. Zuvor wäre allerdings etwas anderes zu bereden."

Er räusperte sich zweimal beinahe gefühlvoll.

„Wie meistens spiele ich auch heuer wieder mit Pater Paulus den Teambewerb beim Linzer Turnier und um vorher noch ein wenig zu üben haben wir uns gestern zum Spielabend im Club verabredet.

Und da kam mir ein zündender Gedanke. Paulus erledigt doch einen Großteil der Verwaltungsangelegenheiten für Stift Zell und die Gemeinde selbst ist ja auch nicht gerade riesig. Also habe ich ihn gefragt, ob er die Rosner kennt."

„Und?"

„Natürlich, der ganze Umkreis kennt sie. Die Frau war Professorin für Mathematik und Physik an einem Linzer Gymnasium, ist jetzt pensioniert und profiliert sich seither als ehrenamtliche Mitarbeiterin der Pfarrgemeinde.

Die Weihnachtsbuchausstellung findet zum Beispiel jedes Jahr im Wintersaal des Stiftes statt und gelegentlich haben sich dann die Rosner und Pater Paulus ein wenig unterhalten."

„Was hast Du ihm gesagt?"

„Na ja, dass ich mich über sie informieren möchte, da sie eine Zeugin sei und es sehr hilfreich wäre, wüsste man, mit wem man es zu tun hätte. Das bezeichnete er übrigens als den Genieblitz eines Kriminalisten."

„Sicherlich, wie es eben so Deine Art ist", sagte Bernauer, „aber auch wenn die Rosner eine Wohltäterin der Pfarre und klug ist, wie weit ist sie glaubhaft? Dass sie wankelmütig reagiert, haben wir bereits gesehen. Was sagt denn Paulus dazu?" fragte Bernauer hoffnungsfroh.

„Ein solches Verhalten würde, seiner Meinung nach, nicht zu ihr passen. Allerdings hätte sie wenig Humor und Paulus könnte sich vorstellen, dass man sie eventuell verärgert hätte. Sie legt nämlich sehr viel Gewicht auf überkorrekte Umgangsformen."

„Und, was weiter jetzt", drängte Bernauer.

„Eigentlich wollte ich es Dir überlassen, dass Du selbst mit ihm über Deine Ermittlungen sprichst, er hätte sich nämlich bereit erklärt, offen mit der Rosner zu reden. Also würde ich mich sicherlich an ihn halten."

„Das könnte überaus hilfreich sein." Bernauer überlegte.

„Du könntest Dich dazu aber, und ich halte es für am zweckmäßigsten, in Linz unserem Team anschließen. Ein fünfter Mann wäre uns sehr willkommen", schlug Markovsky vor.

„Du alter Fuchs", dachte Bernauer, „listig die Spannung aufbauen, um dann dem Freund einen Nasenring zu verpassen."

Zugegeben, es war ein sehr verlockendes Angebot für Bernauer, in einem starken Team mit Pater Paulus zu spielen und womöglich kam dabei noch ein so dringend benötigter Hinweis für seine Ermittlungen hinzu.

„Alter Gauner", sagte er „ich bin dabei, aber die Zeit läuft, ich brauche dringend Ergebnisse."

„Hastige Leute sind die schlechtesten Hebammen", lachte Markovsky, „segensreiche wallisische Bauernregel."

„Wissen Sie eigentlich, dass das Bild „Der verlorene Sohn" von Rembrandt aus der Eremitage nie verliehen wird, an kein Museum und keine Ausstellung auf der ganzen Welt?" fragte Hofrat Sassmann, als er mit Bernauer vor der Tür seines Sekretariats zusammentraf.
„Wusste ich nicht", antwortete Bernauer. „Dass es in St. Petersburg hängt, natürlich schon, aber nicht, dass es unter keinen Umständen verliehen wird."
„Ich habe interessehalber ein wenig Recherchen betrieben und einen Zeitungsartikel darüber gelesen" erklärte Sassmann. „Übrigens ein hochinteressantes Völkchen, diese Russen, sammeln Schätze von unsagbarem Wert, aber geben nie wieder etwas heraus. Erinnert mich verdächtig an den Vatikan", lachte er.
„Ein Gebot der Klugheit", sagte Bernauer, „sicher ist sicher."
Allerdings konnte man einen Rembrandt ohnehin nicht einfach verkaufen. Bei sündteuren Kunstwerken verlangte jede Galerie und jeder Sammler einen Besitznachweis und je nach Wert, auch eine Expertise. Es sei denn, man kannte einen sachkundigen Hehler.
Er musste jetzt Anton Krüll befragen.

Abwehrend überkreuzte Krüll seine Hände im Schoß und starrte wortlos auf Bernauer.

Dieser kam aber zeitsparend auch gleich zur Sache.

„Verkaufen Sie nur Gemälde oder nehmen Sie auch welche in Konzession?" fragte er.

„Beides", antwortete Krüll, „habe ich das nicht schon gesagt?"

„Es ist gut, dass Sie sich daran erinnern. Wir sprachen damals unter anderem von Gemälden, die restauriert werden müssten. Hatte Ihr Lebensgefährte Hirschler auch derartige Aufträge aus Ihrer Galerie übernommen?"

„Nicht immer, aber in den meisten Fällen ja."

„Mit Zustimmung Ihres Chefs, Richard Ferber?"

„Er hat sich da nicht eingemischt, es wurde so gemacht, wie der Kunde es wollte."

„Herr Krüll", sagte Bernauer, „Edmund Hirschler war bei seinem Gesundheitszustand doch nicht mehr in der Lage, auch nur ein einziges Bild zu säubern."

„Wie kommen Sie denn auf so etwas?"

„Das hat die Obduktion ergeben, es hing mit Hirschlers Asthma zusammen und seiner Lunge. Er konnte Farben und Terpentingeruch längst nicht mehr vertragen, das wussten Sie doch."

Krüll schwieg, aber Bernauer setzte sofort nach.

„Und Sie haben für ihn die erforderlichen Restaurierungsarbeiten durchgeführt. Das ist doch genau Ihr Metier, das haben Sie mir selbst gesagt. Dazu brauchen Sie keine eigene Inspiration, aber die Technik beherrschen Sie ja perfekt."

Krüll zögerte und nickte dann stumpf.

„Das ist leider richtig", bestätigte er. „Edmunds Gesundheit war schon zu stark angegriffen, das ging bereits über längere Zeit hin so. Ich konnte zwar die perfekte Arbeit liefern, aber er hatte den fachlich hervorragenden Ruf, dadurch ist auch keinem Menschen geschadet worden, es geht in dem Geschäft doch letztlich nur um das Ergebnis. Niemand interessiert sich für den Restaurator, wenn die Arbeit perfekt ist."

„Schaden sehe ich eigentlich auch keinen und ob es korrekt ist? Ich weiß es nicht. Egal, was ich lediglich wissen will ist, ob Sie auch Originalbilder verkauft haben, für die eine Reproduktion bestellt wurde. Vielleicht von Ihnen angefertigt?"

„Nun, es gibt natürlich Kunden, die sich in gelegentlicher Verlegenheit befinden und, ohne das Gesicht zu verlieren, einen Wertgegenstand zu veräußern wünschen."

„Wie ein wertvolles Gemälde, zum Beispiel?"

„Ja, warum nicht. In einem derartigen Fall bringen wir die zu veräußernden Bilder auf einen relativ sicheren Markt, sodass sie nicht plötzlich blamabel für den Verkäufer in der Öffentlichkeit wieder auftauchen. Der Austausch im Haus des Kunden fällt niemandem auf, denn die Kopien sind perfekt, wie ich schon sagte."

„Und wenn es sich dabei um Bilder aus einem Diebstahl handelt?"

„Wir verlangen in jedem Fall einen vorzeigbaren Eigentumsnachweis, anders sind preisintensive Objekte ohnehin absolut unverkäuflich. Außerdem sind unsere

Kunden von solidem Ruf und über jeden Zweifel erhaben."

„Hat Ihnen Dr. Bertram Gschwandtner jemals Bilder zum Verkauf in Auftrag gegeben?"

„Auf keinen Fall, er hat seine Geschäfte nur über Herrn Ferber persönlich abgewickelt. Es wäre mir aber auch nichts derartiges bekannt, denn Herr Gschwandtner hat meines Wissens immer nur gekauft."

„Er gab Ihnen auch nie den Auftrag, eines seiner Bilder zu kopieren?"

„Nein."

„Eine Frage sollten Sie mir jetzt noch ganz ehrlich beantworten", sagte Bernauer ruhig, „ich würde Sie sonst immer und immer wieder ins Präsidium kommen lassen und sie können sicher sein, ich habe den längeren Atem."

Daraufhin wurde Krüll merklich blasser über dem weißen Stehkragen seines Hemdes.

„Welche Frage?"

„Warum hat Hirschler Sie vor seinem Tod angerufen, worüber haben Sie gesprochen?"

Nach einer Minute angestrengtem Nachdenkens resignierte der Mann: „Ich sagte es bereits, er hat mich gefragt, ob die Galerie von Gschwandtner Bilder zum Verkauf angenommen hätte."

„Und Sie, was antworteten Sie?"

„Nein, wieso fragst Du?"

‚Ich habe eben ein Gemälde gesehen, welches sich nach dem bebilderten Angebot eines Kataloges in New York befinden sollte' antwortete Edmund, ‚er müsste eigentlich noch im Kofferraum meines Wagens liegen, ich sehe nur schnell nach.'

Dadurch habe ich an diesem Abend erfahren, dass er sich in der Villa Dr. Gschwandtners in Ischl aufhielt.

Dem Geräusch nach bediente er dann einige Male seinen Inhalator."

„Und später?"

„Du solltest nichts überstürzen", wandte ich ein, aber er gab keine Antwort mehr.

„Das muss Sie doch beunruhigt haben?"

„Nein, er ging ja sehr gewissenhaft mit seiner Krankheit um. Ich vermutete, er hätte Gesellschaft bekommen und könne daher nicht mehr offen sprechen."

„Wie lange hat das Gespräch also wirklich gedauert?"

„Einige Minuten, ich habe nicht drauf geachtet."

„Aber dann, als er nicht nach Hause kam?"

„Ich habe in meinem Atelier geschlafen."

Noch konnte Bernauer nichts beweisen, aber sein Gefühl sagte ihm deutlich, dass er endlich den richtigen Ansatz entdeckt hatte. Dass der Restaurator nach einem eventuell von Dr. Gschwandtner angebotenen Gemälde gefragt hatte, dürfte der Wahrheit entsprochen haben und auch der Rest konnte zumindest teilweise stimmen. Wer rief den sonst in der Nacht seinen Lebensgefährten an, nur um nach einem Geschäftsvorgang zu fragen? Gegen wen richtete sich denn nun eigentlich der Verdacht? War Hirschler empört über ein mögliches Fälschungsgeschäft, bei dem man ihn übergangen hatte, oder war er einfach wirklich so integer und ahnungslos, wie es von Krüll dargestellt wurde?

Bernauer musste unbedingt den Weg finden, den das Bild aus dem Arbeitszimmer Gschwandtners genommen hatte, dann besaß er auch den roten Faden, der allen hier zu klärenden Verbrechen zugrunde lag.

Inzwischen hatte sich die private Bridgerunde, die bei Adelaide nun Dienstag und Donnerstag zusammen kam, bestens bewährt. Sowohl die beiden Studenten, als auch Josefine zeitigten gute Fortschritte und Roman, der völlig ungewohnt ebenfalls an jedem dieser Tage anwesend war, hatte sich als ständiger und bemühter Partner Josefines erwiesen.

Klaus Lehmann, der ältere der beiden Anfänger, war zudem ein glänzender Unterhalter und lieferte sich mit Roman oft überaus kluge Wortgefechte, die gelegentlich damit endeten, dass ihnen die nötige Konzentration verloren ging, woraufhin Adelaide ihrem erkennbar bevorzugten Lieblingsschüler Klaus besondere Aufmerksamkeit zuwandte und dieser wiederum revanchierte sich, in dem er die Wand über ihrer Glaskonsole im Wohnzimmer mit einer riesigen Cola-Dose à la Andy Warhol bemalte.

Eines Tages überraschte Ada während der Abendmahlzeit die beiden Brüder hocherfreut mit der Ankündigung, sie würde Klaus demnächst für ein Portrait sitzen.

„Du scheinst ja wirklich den Verstand zu verlieren", sagte Albert, „lass ein Foto vergrößern, das ist wesentlich günstiger und nicht so lächerlich."

„Es wird mich keinen Cent kosten", antwortete sie überheblich lächelnd, „er schenkt es mir nämlich zur Verlobung."

„Welcher Verlobung?"

„Klaus und ich werden heiraten, habe ich das noch nicht erwähnt?"

In die Stille des folgenden Augenblicks fiel geradezu ohrenbetäubend ein Messer auf die Tischplatte. Albert starrte ungläubig auf seine Schwester.

Roman gewann als erster seine Fassung wieder.

„Jetzt hätte ich mich beinahe aufgeregt", sagte er, „man kann schlechte Witze auch übertreiben."

„Das ist kein Witz."

„Ich lache auch nicht."

„Ada, Du bist so abgrundtief blödsinnig, dass man Dich sofort nach der Geburt hätte erlösen müssen", sagte Albert mit angewidertem Gesicht.

Adelaide ließ die Demütigung wütend an sich abgleiten, aber ein Scheitern war bei ihr nicht mehr vorgesehen.

„Du weißt, dass ich jetzt endgültig mit Dir durch bin, Albert, also verschone mich künftighin mit Deinen Frechheiten, als Trauzeuge bist Du ohnehin nicht erwünscht."

„Dann wäre da nur noch ein wichtiger Punkt zu klären", antwortete er, „sollte dies wirklich Dein Ernst sein, wirst Du nach der Hochzeit samt Deinem Einschleicher verschwinden. Schau Dich also schleunigst nach einem passenderen Liebesnest für Euch lächerliche Turteltauben um."

Aber dies brachte sofort Romans hinterhältige Phantasie in Schwung und er zwinkerte Adelaide boshaft zu.

„Ich könnte allerdings nach Eurem romantischen Abgang Dein Bild im Wintergarten aufhängen oder, falls Albert es wünscht, anstatt des gestohlenen Gemäldes in seinem Arbeitszimmer."

Adelaide nahm ruhig die unterbrochene Mahlzeit wieder auf und bemerkte in ungerührtem Ton:

„Ich werde bleiben, wie es mir zusteht, auch wenn es mir hier wie einem Zwerg in der Fußgängerzone ergeht, ich sehe immer nur Ärsche."

Nachdem der erste Teil des Bridgeturniers in Linz ein voller Erfolg geworden war, hatten sich die beiden Kriminalisten mit Pater Paulus an den Tisch in einer Ecke des Restaurants zurückgezogen, um ungehindert miteinander reden zu können.

„Wie gut kennst Du denn die Rosner?" fragte Bernauer.

Pater Paulus zog sein Gesicht zu seinem wohlbekannten schiefen Grinsen.

„Wie gut ich sie kenne? Also, ich weiß natürlich ihren akkurat verborgenen Humor zu schätzen, daher ist es auch nie zu mehr als gelegentlich ein paar belanglosen

Worten gekommen. Sie kann eben ihre gewohnte Rolle als Professorin nicht mehr ablegen, aber sie ist eine geachtete Wohltäterin der Pfarre, übernimmt die Organisation vieler Veranstaltungen und hilft mit, wo sie kann."

„Also einer von diesen Veranstaltungsdragonern?"

„Na ja, schon eher Grenadier, Pferde sind für sie vom Gewieher her schon etwas zu fröhlich. Aber wieso wollt Ihr das eigentlich so genau wissen? Liegt Euer gesteigertes Interesse da vielleicht in der Kategorie Mordkommission?"

„Also, hab Dich doch nicht so", sagte Markovsky, „es geht hier schließlich nicht um das Beichtgeheimnis."

„Das stimmt", bestätigte der Pater, „aber es geht für mich darum, nicht später, zwar hochgeschätzt dafür aber tiefgefroren, zwischen Euren vergammelten Leichen zu prunken."

„Ich weiß", feixte Markovsky, „Eitelkeit ist Dir fremd."

„Also gut", sagte Paulus, „auch wenn ich nicht wirklich ins Vertrauen gezogen wurde, ich habe mich mit der Rosner unterhalten. Der Zeitpunkt war ziemlich günstig, denn der Büchermarkt der Pfarre findet immer in einem Saal unseres Klosters statt und die Rosner ist wegen der Organisation bereits mit mir in Verbindung getreten. Offensichtlich sollte die Frau im Rahmen einer Mordermittlung diejenige Person, die sie vermutlich am Tatort gesehen hat, identifizieren."

„So war es, aber sie schien zuerst vollkommen sicher, hat aber kurz darauf das Gegenteil behauptet, warum?" fragte Markovsky.

„Wie wäre es denn im Rahmen der Polizeischulung mit der Einführung des Pflichtfaches „Gesittetes Benehmen gegenüber Zivilpersonen?"

„Sie hat sich beschwert? Das ist doch nicht möglich."

„Doch, genau das ist der Punkt. Ich glaube, sie war überaus dankbar dafür, dass sie bei mir ihrem Ärger Luft machen konnte, Einzelheiten will ich Euch ersparen. Fakt ist, dass sich die Frau bei der Gegenüberstellung erst sicher war, den richtigen Mann identifiziert zu haben, obwohl er in Größe und Figur einem anderen ziemlich ähnlich war und sie wäre auch dabei geblieben, hätte man sich ihr gegenüber etwas freundlicher gezeigt. Klugerweise sollte sie allerdings ihre Brille ständig tragen.

Ernstlich zu zweifeln begann sie aber, als sie hörte, dass der Mann, den sie bei der Gegenüberstellung in Salzburg zu erkennen glaubte, auch in der fraglichen Nacht in Bad Ischl das weiße Sakko getragen haben soll. Da das aber nicht der Fall war, vermutet sie jetzt, bei der Gestalt am Gartentor hätte es sich um den Mann gehandelt, der ungefähr fünfzehn Minuten zuvor den Sportwagen am rechten Straßenrand abgesperrt hätte, denn auch er sei dunkel bekleidet gewesen. Die Rosner war dann zwar noch ein Stück in Richtung Laufen weitergegangen, musste aber nach einigen Minuten der spärlichen Straßenbeleuchtung wegen den Rückweg antreten, bei dem sie dann ihre weitere beschriebene Beobachtung gemacht hat."

„Davon hat sie aber im Präsidium kein Wort gesagt."

„Hat man sie nach weiteren Details gefragt?"

„Steht nichts davon im Protokoll."

„War man höflich zu ihr?"

„Steht auch nicht im Protokoll."

„Na also", sagte Paulus, „Euch fehlt einfach die Intuition und natürlich ein Mann Gottes."

„Amen", kam es von Bernauer und Markovsky wie aus einem Mund.

Bei einer weiteren Einvernahme deckte sich die Aussage von Professor Rosner vollinhaltlich mit den Angaben von Pater Paulus, aber sie erklärte sich jetzt definitiv außerstande, eine wirklich verwertbare Identifizierung vorzunehmen, da man sie immer wieder mit neuen Fakten konfrontiert und damit unsicher gemacht hätte.

Hofrat Sassmann konnte es nicht fassen.

„Um Himmelswillen Bernauer", stöhnte er, „doch nicht Albert."

„Die Sache verlagert sich jetzt immer mehr in seine Richtung.

„Albert Gschwandtner hatte bei dem Fest in Ischl einen schwarzen Abendanzug getragen und er war es auch ganz offensichtlich, der sich am Porsche von Mathilde Donnersmark zu schaffen machte. Nun spricht besonders der Zeitfaktor gegen ihn und dass man seinen Wagen schon sehr oft vor Mathildes Villa in Ischl gesehen hat. An sich wäre das ja ziemlich harmlos, da sie eine Freundin der Familie ist, aber unter diesen

Umständen und dass er immer allein kommt, gibt sehr zu denken."

„Vermutungen", stellte Sassmann fest, „alles äußerst gefährliche Vermutungen."

„Es spricht noch eine ganze Menge anderer Dinge gegen ihn", warf Bernauer ein. „Sein Vater hatte damals gerade erklärt, einen Großteil seines Vermögens in eine Stiftung zugunsten der Stadtgemeinde Bad Ischl zu verwandeln. Diese versprochene Schenkung hat Albert sofort nach dem Tod seines Vaters zurückgenommen. Roman war vermutlich ebenfalls gegen die Stiftung gewesen, doch hätte er nie das Stehvermögen aufgebracht, wirksam dagegen vorzugehen. Wie die Ereignisse zusammenhängen weiß ich noch nicht, aber auch im Hinblick auf den Tod Mechthild Gschwandtners ist es unzweifelhaft, dass sie für Albert das einzig wahrhafte Hindernis bezüglich seiner Vorstellungen vom geplanten Reiterhof darstellte. Nur sie war es, die keinen Zugang zum Wellness-Hotel des Nebengrundstückes dulden wollte. Seine Geschwister brauchte er nicht zu berücksichtigen, denn diesmal schienen sie auf seiner Seite zu sein. Trotzdem waren Roman sowie Adelaide für einen ernstlichen Widerstand gegen Mutter oder Vater weitaus zu schwach."

„Stimmt denn das wirklich, Robert auch?"

„Und ob das so war. Bertram hat ihm des Öfteren im Bridge-Club seine Unfähigkeit vorgehalten. Zum Beispiel sagte er bei Gelegenheit, dass sich sein Bruder Albert wenigstens gegen die Einmischung der Mutter in das gemeinsame Projekt zur Wehr setzen würde, aber Roman lachte nur und sagte, da werde der großartige Albert wohl ziemlich schmerzlich auf die Schnauze fallen."

„Das mag ja alles irgendwie gelten" warf Sassmann ein, „aber wie hätte Albert den Tod seiner Mutter bewerkstelligen können. Sie selbst sehen doch nicht die leiseste Möglichkeit, wie jemand an Mechthild herankommen konnte."

Das entsprach absolut den Tatsachen.

„Und ich sehe diese Möglichkeit noch immer nicht. Auch nicht, warum Albert dem Restaurator nach dem Leben getrachtet haben soll, außer er hätte befürchtet, dass es bereits genügen würde, wenn Hirschler den alten Gschwandtner von der Möglichkeit einer Fälschung benachrichtigt hätte.

Damit wäre nämlich von vornherein jede Möglichkeit, den Vater umzustimmen, vertan gewesen, von anderen Folgen noch gar nicht zu reden."

Sassmann überlegte.

„Dass allerdings Albert am Austausch und Verkauf eines Gemäldes beteiligt gewesen sein sollte, scheint mir eher absurd. Der stocksteife Albert! Für mich eine unvorstellbare Sache. Außerdem braucht man dazu schon ganz besondere Verbindungen."

Dies war auch Bernauers Meinung.

„Und wie steht es denn dann mit dieser Haushälterin", fragte Sassmann, „die hat doch überall Zutritt, wurde sie schon überprüft?"

„Ziemlich erfolglos. Natürlich könnte sie das Gemälde aus dem Arbeitszimmer des Seniors gestohlen haben, aber um es auch zu verkaufen und zudem Bilder sogar fälschen zu lassen, bedarf es schon eines bedeutend anderen Kalibers. Da sie außerdem ein von Bertram Gschwandtner besonders geschätztes Mitglied des Haushaltes gewesen sein dürfte, müsste sie, um sich auf diese Weise in Gefahr zu begeben und alle Vorteile fahren zu lassen, schon sehr beschränkt sein."

„Sie vermuten, da sei etwas im Busch gewesen? Mit seiner Haushälterin?"

„Marilyn Monroe", sagte Bernauer mit einer ausladenden Geste, „klug, etwas gewöhnlich, aber alles dort, wo es sein sollte."

War es eine Sinnestäuschung, oder hatte sich jetzt Hofrat Sassmanns Figur tatsächlich ein wenig gestrafft?

„Wie man zu sagen pflegt, ein flotter Feger?" fragte er.

„Ein überaus flotter Feger", bestätigte Bernauer.

Bernauer trat den Rückzug in sein Büro mit dem unangenehmen Wissen an, dass ihm Sassmann, sofern er nicht bald mit Erfolgen aufwarten konnte, in nächster Zukunft immer häufiger im Nacken sitzen würde.

Er beschloss also, wenn auch mit gemischten Gefühlen, noch einmal mit Mathilde Donnersmark zu sprechen. War es wirklich klug, ihr zu vertrauen? Konnte es nicht sein, dass dabei ein unbekannter Täter gewarnt würde? Oder Albert? Er entschloss sich aber dann letztlich, das Risiko trotzdem einzugehen.

Allerdings wusste er noch nicht, wie er an die Sache herangehen würde, das musste sich dann im Laufe des Gesprächs entscheiden. Er wollte daher die Kollegen aus dem Wachtposten in Bad Ischl nicht in Anspruch nehmen und sah sich jetzt vor der Schwierigkeit, Mathilde zu einer Aussage nach Salzburg bestellen zu müssen. Diese Möglichkeit der Vernehmung verwarf er allerdings sofort wieder wegen der Befangenheit eines Befragten in der meist für ihn irritierenden Atmosphäre des Präsidiums. Vielleicht gab es da noch eine andere Lösung.

Er griff ziemlich freudlos zum Telefon und hatte Glück. Mathilde erklärte sich sofort zu einem weiteren Gespräch in ihrer Villa bereit.

In Mathildes gemütlichem Wohnzimmer bot sie zwar wiederum Kaffee und Selbstgebackenes an, war aber, wie ihm schien, nicht mehr so unbefangen wie bei seinem ersten Besuch.

„Nun", lächelte sie, „Sie werden mich ja kaum wegen meines hausgemachten Apfelstrudels aufgesucht haben. Gibt es etwas, das ich heute für Sie tun kann?"

Bernauer nickte.

„Wie nahe steht Ihnen denn eigentlich Albert Gschwandtner?" fragte er direkt.

„Sehr nahe", antwortete sie ernst, „ich habe ihn schon unter meine Fittiche genommen, als er noch ein ernsthafter kleiner Junge war, mit einem Vater, dessen Schatten ihn erdrückte und einer Mutter, die ihn immer nur belächelte. Dabei versuchte er sich stets tadellos zu verhalten und seinen Pflichten bestmöglich nachzukommen, trotzdem wurde er nur als unangenehmer Streber bagatellisiert. Zudem hatte er es auch menschlich schwer, da ihm leider die eher schroffe Art seiner Eltern vererbt wurde. Liebe und Zuneigung in der Familie kannte er nicht. Ein unsicheres, einsames Kind, nie wirklich geschätzt, aber fleißig und anständig."

„Nun ist aber Albert kein Kind mehr", warf Bernauer ein, „und daher sollten Sie mir jetzt einfach die Wahrheit sagen."

„Welche Wahrheit?" fragte sie abweisend.

„Was hatte Albert am Abend der Ermordung des Restaurators an Ihrem Wagen zu schaffen?"

Mathilde Donnersmark wurde blass.

„Ich verstehe nicht."

„Sie verstehen mich recht gut", sagte Bernauer unnachgiebig.

„Es gibt eine Zeugin, die ihn kurz vor der vermutlichen Tatzeit an Ihrem Wagen gesehen hat. Deren Meinung nach hätte er ihn da eben versperrt."

„Sie sagten vorher?" versicherte sie sich, „Herr Hirschler hat da also noch gelebt."

„Muss er wohl, die Zeugin sah ihn noch an seinem SUV telefonieren, als sie am Rückweg wieder vorbeikam."

Mathilde Donnersmark atmete sichtlich auf.

„Es stimmt tatsächlich, dass Albert kurzfristig unseren Tisch verlassen hat, er hat mir die Stola aus dem Auto gebracht."

„Ist er dabei mit dem Restaurator zusammengetroffen?"

„Er hat nichts dergleichen gesagt."

„Wie lange hat es gedauert, bis Albert mit der Stola zurückkam?"

„Bestenfalls einige Minuten."

„Als die Zeugin nach ungefähr zehn Minuten wieder an den SUV zurückkam, musste Albert also schon wieder bei Ihnen am Tisch gewesen sein?"

„Natürlich."

„Warum haben weder Sie noch Albert dieses Detail erwähnt, haben Sie sich abgesprochen?"

„Nein. Erstens ist mir bis heute der Zeitpunkt der Unglückstat nicht genau bekannt gewesen und zweitens dachte ich nicht einmal mehr an diese immerhin vollkommen banale Sache. Albert dürfte es ähnlich gegangen sein."

Eine Erklärung, die Bernauer nicht eine Sekunde zu glauben bereit war.

„Erinnern Sie sich mit Sicherheit daran, dass Roman an diesem Abend ein weißes Jackett trug?"

„Natürlich, ein weißes Dinner-Jackett aus Seide, er sah großartig darin aus."

Bernauer beschloss nun zur Beruhigung der Nerven Hofrat Sassmanns, ihm diesen kleinen, aber gar nicht so unbedeutenden Fortschritt mitzuteilen.

„Fest steht jetzt jedenfalls, dass Albert den Tisch verlassen und sich in der Nähe des Opfers befunden hat, auch wenn sich der Zeitpunkt nicht exakt feststellen lässt", bestätigte Sassmann etwas unfroh.

„So ungenau", schränkte Bernauer ein, „ist das gar nicht. Die Anwesenheit von möglicherweise abwechselnden zwei oder drei Personen beschränkt sich hier auf maximal eine Viertelstunde, dies ging aus der Aussage der Zeugin Rosner eindeutig hervor. Unwahrscheinlich finde ich aber, dass Albert in diesem kurzen Zeitrahmen niemanden gesehen haben will, zumindest die Rosner musste ihm aufgefallen sein. Also ist es eher merkwürdig, dass er sich der Episode nicht erinnern sollte, wo doch damit zu rechnen war, dass die Frau sich später als Zeugin melden könnte."

„Das ist allerdings richtig", zögerte Sassmann, „sind Sie sicher, dass die Donnersmark hier absolut aufrichtig war?"

„Zum Teil ja, aber sie hat ihn auch sehr gerne und vielleicht geht ihr Gefühl für Albert doch noch einiges über die Beschützerrolle hinaus, dann hat sie sich mir gegenüber ganz sicherlich verbarrikadiert."

Der Steg über die Salzach schien Bernauer heute wieder ein besonders riesiger, unüberwindlicher Wall aus Massen vergnügter Touristen zu sein und so beschloss er, einen Umweg über die Brücke zu machen. Das ersparte ihm immerhin, jedes sich bietende freie Schlupfloch in der Menge ausnutzen zu müssen, nur um dann lediglich festzustellen, dass sich ihm bereits das nächste Hindernis in den Weg stellte.

Ganz in Gedanken versunken übersah er die auf Rot stehende Ampel und wäre zielsicher in einen schwarzen Mercedes gelaufen, hätten nicht dessen fantastische Bremsen den Wagen, zwar empört kreischend aber äußerst effektiv, knapp vor Bernauer zum Stehen gebracht.

„Brutaler Fußgänger attackiert wehrloses Auto", kam die Stimme des Fahrers aus dem Wagen.

Bernauer lachte. „Ach Du bist es Fritz, na so was. Was macht denn der Immobilienhandel?"

„Es läppert sich, aber wohin rennst Du denn so kopflos?"

„Ausnahmsweise heimwärts. Der Steg ist mir zu voll."

Währenddessen hatte die Ampel umgeschaltet, die Schlange der blockierten Fahrzeuge wurde bereits unübersichtlich und das Hupkonzert der genervten Fahrer steigerte sich zum Crescendo.

„Passt" sagte Fritz, „steig ein, ich wollte Dich ohnehin längst anrufen, aber jetzt sollten wir hier schnell verschwinden, bevor man uns lyncht."

Der Stinkefinger eines Fahrers auf der Gegenfahrbahn war vermutlich bereits die erste von drohenden tätlichen Unmutsbezeugungen.

Bernauer hechtete blitzartig auf den Beifahrersitz und Fritz Kronberg steuerte den Wagen im Schritttempo durch den Verkehrswust zur Garage unter dem Mönchsberg. Mit Elan kämpften sie sich schließlich durch das Gewühl der Touristen in die nahe Getreidegasse, wichen durch Gesichtsmasken geschützten Exotinnen und eislutschenden Kindern aus und landeten schließlich heil und unbekleckert im Carpe diem, dem Lieblingscafe Fritz Kronbergs.

Der Andrang war heftig, aber Giorgio di Angelo, mit dem er verabredet war, hatte bereits einen kleinen Tisch am Fenster besetzt.

„Treiben Dich die Geschäfte oder Deine Eigenschaft als Präsident des Bridgeverbandes aus dem schönen Südtirol nach Salzburg?" fragte Bernauer.

„Diesmal sind es die Geschäfte. Aber gut dass Du da bist, Joschi", sagte di Angelo, „vielleicht interessiert Dich eine Sache, die ich auch mit Fritz zu besprechen habe. Ziemlich heikel, das Ding, hoffentlich hast Du noch etwas Zeit, ich komme nämlich direkt aus Meran und bin sechs Stunden durchgefahren. Jetzt lechze ich geradezu nach einem dreistöckigen Espresso und etwas Entspannung."

„Das sagst Du im Beisein der Polizei", grinste Bernauer, „soll ich Dich jetzt auf Deine Fahrtüchtigkeit hin prüfen?"

„Verstehe Bulle, Du wurdest also zur Verkehrsabteilung degradiert", kam schlagfertig di Angelos Antwort.

Inzwischen war serviert worden und neben unterhaltsamem Geplauder beobachteten sie von ihrem Fensterplatz aus amüsiert den bunten Strom der vorüberziehenden Menge. Am Eingang des gegenüberliegenden Flag Stores von Louis Vuitton gaben sich beinahe überwiegend östliche Touristinnen die Klinke in die Hand und in den Geschäfsräumen selbst schienen sie sich dann wie durch ein wunderbares geheimes Gen weiter zu vervielfachen.

„Also", sagte di Angelo, „das finde ich an Salzburg so großartig. Man steigt sich zwar ständig auf die Füße, aber immer mit einem gewissen Urlaubsfeeling."

„Wegen der vielen exotischen Gesichter meinst Du?"

„Auch."

Kronberg wies auf das Geschäft über die Straße hin.

„Wir sind daran gewöhnt. Schau doch, sie kaufen und kaufen, angenehm friedlich und sehr höflich. So muss es am Fuße des Fujiyamas zugehen."

Bernauer grinste. Er hatte die Gesichter der östlichen Spezies noch nie auseinander halten können und natürlich auch keine Vorstellung davon, welche der Touristen für den Fujiyama zuständig wären. Also schnipste er lediglich mit den Fingern.

„Die Erhabenheit des Mönchsbergs ist für mich eigentlich völlig ausreichend."

„Mann", sagte di Angelo. „Du bist der größte Romantiker aller Zeiten."

„Das bringt der Beruf so mit sich", lachte Bernauer, „aber wenn Du exotische Träume ausleben willst, einem Kuli würden die hübschen Mädchen ihre Pakete sicherlich anvertrauen, Du wirkst so authentisch.

„Ich hasse Deine Schwerfälligkeit", sagte Giorgio boshaft, „der Zustand, den Du meinst, nennt sich charismatisch."

Plötzlich fragte Kronberg ganz unvermittelt: „Stimmt es Joschi, dass sich Deine Ermittlungen jetzt auch auf den Kunsthandel ausdehnen?"

Alles hätte Bernauer erwartet, nur nicht diese Frage.

„Wie kommst Du denn auf so was?" fragte er erstaunt.

„Mein Gott", lachte Kronberg, „Ihr Kriminalisten seid doch ein Haufen von Realitätsverweigerern. Bilder einer überaus angesehenen und bekannten Salzburger Familie sollen gestohlen worden sein und einige ihrer Mitglieder sind ums Leben gekommen, aber Ihr seid immer noch der Meinung, alles wäre so geheim wie die Beichte."

Allein diese Erwähnung erweckte in Bernauer wieder die unangenehme Assoziation zu der umtriebigen Zeugin aus dem netten oberösterreichischen Ort Zell, deren Aussage zuerst so hoffnungsvoll geklungen hatte.

„Versteh' ich nicht", sagte er.

Kronberg kniff die Augen zusammen und meinte: „Was ich dabei nicht verstehe ist, dass sich die Mordkommission um diese Sache kümmert. Fällt doch in eine andere Zuständigkeit, oder?"

„Das wiederum nennt man bei uns nicht Beicht- sondern Dienstgeheimnis."

Kronberg nahm einen letzten Schluck aus seiner Tasse und sagte mit gespieltem Bedauern in der Stimme: „Jammerschade, wenn dadurch die Hinweise aus der verdächtigen Szene wohlmeinender Bürger wegfallen müssen, aber so will es eben das Gesetz."

„Moment", sagte Bernauer aufmerksam geworden, „das Gesetz hat immer ein offenes Ohr für ehrsame Bürger. Wolltest Du da andeuten, Du hättest Etzes für mich?"

„Es wären vielleicht ein paar Tipps unter der Hand, und auch nicht alle ganz koscher. Diebstahl oder Fälschung ist die eine, Mord aber eine andere Sache. Da könnte mich jedes Wort teuer zu stehen kommen."

Bernauer wog die Interessen der Angelegenheit gegeneinander ab.

„Fritz", sagte er schließlich, „für mich dienen die Ermittlungen in der Kunstszene eigentlich nur dazu, das Motiv für einen Mord zu finden, eine Hintergrundsache, die sicherlich nicht in mein Ressort fällt, aber es könnte helfen, den richtigen Ansatz zu finden. Außerdem bist Du Outsider und hilfst mir lediglich auf die Sprünge, das Gespräch scheint nirgendwo auf."

„Also gut", „versicherte sich Kronberg, „Du gibst mir Dein Wort?"

„Sei völlig sicher."

„Naja dann, es geht um folgendes. Wie Du weißt, verkaufe ich nicht nur jede Art von Immobilien, ich handle natürlich auch teilweise mit Inventar. Manchmal veräußere ich noch ein paar brauchbare Stücke oder gebe den Kunden Tipps, wie sie Antiquitäten oder sonstige Wertgegenstände auf den Markt bringen können. Also kenne ich mich da ein wenig aus und natürlich dringt in den meisten Fällen der übliche Tratsch bis zu mir durch.

Vor kurzem hat nun dem Vernehmen nach ein Engländer in einer Londoner Galerie ein Ölgemälde erworben und nun soll es da heftig Zoff gegeben haben. Der Sammler will nämlich das Bild in einem Ausstellungskatalog einer Leningrader Kunstgalerie gesehen haben. Da nicht mehrere Eigentümer im Besitz des Originalgemäldes sein können, muss eines der beiden Bilder gefälscht sein."

Bernauer ahnte bereits, was jetzt kommen würde.

„Und jetzt der Hammer. Das Gemälde hat die Londoner Galerie von einem Kunden aus Österreich gekauft und die Vermittlung soll über die Galerie Ferber hier in Salzburg gegangen sein."

Fritz Kronberg hob bekräftigend seinen rechten Zeigefinger.

„Natürlich hat jetzt der Engländer sein Bild begutachten lassen und das bedeutet, dass es nicht nur auf die Echtheit der Technik und der Farben hin einer Expertenmeinung unterzogen wurde, sondern auch im Hinblick auf die Maße und den ausgefransten Rand, der unter dem pompösen Rahmen verborgen ist.

Wie auch immer, das Bild des Engländers ist eine Fälschung. Gschwandtners Versicherung soll doch erst kürzlich mit einem Fall von Bilddiebstahl beauftragt worden sein?

Kurz und gut, auf dieser exponierten gesellschaftlichen Ebene ist man, wie in solchen Fällen immer, tunlichst interessiert daran, die Sache inter partes zu regeln, alles andere würde einen absoluten Skandal für die Beteiligten bedeuten. Wenn Mord hier mit im Spiel ist, dürfte dies meines Wissens aber nirgendwo erwähnt worden sein."

Er sah Bernauer prüfend an.

„Vielleicht hat das Ganze auch mit Deinem Fall überhaupt nichts zu tun, aber möglich könnte es sein. Wie Du sicherlich siehst, wäre es für mich ziemlich unan-

genehm, hätte ich unnötig schlafende Hunde aufge-
weckt.

„Von unnötig kann wirklich keine Rede sein", sagte
Bernauer und fragte sich, wieso Albert Gschwandtner,
die Sache nicht selbst zur Sprache gebracht hatte,
denn wissen musste er inzwischen davon. Es handelte
sich schließlich nun nicht mehr um eine private Angelegenheit, die diskret erledigt werden sollte, sondern
um ein nicht unbeachtliches Detail in einem Mordfall.

„Fritz", sagte Bernauer, „Du könntest mir mit Deiner
Information ganz enorm unter die Arme gegriffen haben."

„Und damit komme ich ins Spiel", mischte sich di Angelo ein, „auch hier geht es um ziemlich viel Geld, aber
auch wieder nicht offiziell."

„Giorgio", begann Bernauer „soll jemand dabei umgebracht werden?"

„Ich weiß es nicht, aber es könnte bereits passiert
sein."

„Das müsstest Du näher ausführen. Wieso sollte ich
für diese Sache zuständig sein?"

„Weil die ganze Misere in Salzburg begonnen hat.
Weißt Du etwas von einem verschwundenen Tintoretto?"

„Nein, und wer sollte da der Eigentümer sein?"

„Nicht sein, Joschi, gewesen sein. Das Gemälde ist bei
einem prominenten Sammler in Petersburg gelandet,
und dieser wurde jetzt schon einige Male bedroht."

„Von wem?"

„Er weiß es nicht."

„Warum erstattet er dann keine Anzeige?"

Di Angelo kniff listig die Augen zu.

„Er kann nicht."

„Wieso?"

„Das Bild wurde mit Schwarzgeld bezahlt, offiziell hat er es also gar nicht."

„Unangenehm für ihn", beurteilte Bernauer die Sachlage „aber mit Steuerhinterziehern habe ich dienstlich nichts am Hut."

„Auch nicht, wenn sie mit dem Hause Gschwandtner in Verbindung stehen?"

Bernauer staunte, das nannte man dem Fass die Krone aufsetzen.

„Seit wann bist Du denn im Bilderhandel tätig", fragte er.

„Ein großes Wort", lachte di Angelo, „ich bin Kaufmann, wie Du weißt. Manchmal läuft mir eben auch ein Gemälde in die Hände, was hier aber nicht der Fall war. Der Sammler ist nur eine meiner Geschäftsverbindungen und beschwert sich aus anderen Erwägungen heraus immer wieder bei mir."

„Und mehr kannst Du mir nicht sagen?"

„Leider nein, aber vielleicht würde man aufhören, meinen Geschäftspartner zu bedrohen, wenn Du in diesen Kreisen durchblicken ließest, dass die Angelegenheit verfolgt würde. Jedenfalls dürfte es nicht falsch sein, wenn Du jetzt davon weißt."

„Natürlich", schnaubte Bernauer, „das hätte ich längst wissen sollen."

Für Kronberg und di Angelo war es jetzt höchste Zeit, sich zu verabschieden. Offensichtlich waren sie geschäftlich in der Angelegenheit eines Golfplatzes verabredet und durften, im Gegensatz zu ihm, ihre Probleme ungeschönt und in aller Ruhe abwickeln.

„Also bis zum Abend", sagte di Angelo, „ich spiele heute mit Roman in Eurem Bridge-Club, Du wirst hoffentlich auch da sein?

„Eisern, wie immer."

„Außerdem werde ich noch mindestens eine Woche in Salzburg bleiben", sagte di Angelo und sammelte Schlüssel und einige Papiertüten ein.

„War mir eine Ehre, meine Staatsbürgerpflicht zu erfüllen", grinste Kronberg und stand ebenfalls auf. „Aber nun ruft das Geschäft. Wir kleinen Leute müssen schließlich von unserer Hände Arbeit leben."

Bernauer lachte: „Dann seid beruhigt, Eure Rechnung geht auf mich. Außerdem machen wir das immer so mit Spitzeln und verdeckten Ermittlern."

„Vielleicht möchtest Du dann auch die eine oder andere Immobilie oder ein paar gute Stücke aus der Kunstszene kaufen?" revanchierte sich Kronberg boshaft.

„Danke für Obst, hab' selbst einen Garten", sagte Bernauer und dachte an die kostspieligen Arbeiten an seinem ererbten neuen Besitz in der Altstadt von Prag.

„Aber irgendwann werde ich auch daran denken, mich in der Szene umzusehen", dachte er voll Besitzerstolz.

Vorerst war er aber ganz zufrieden damit, dass es dienstlich wieder ein wenig voranging, denn sein Gefühl sagte ihm, dass Kronberg und Giorgio am Golfplatzprojekt Roman Gschwandtners beteiligt waren. Konnte es sein, dass der Tintoretto, so ferne er überhaupt im Besitze der Gschwandtners gewesen war, dabei eine gewisse Rolle spielte?

Im Hause Gschwandtner schien sich das Zusammenleben wieder einigermaßen konsolidiert zu haben. Adelaide traf aufgeregt Vorbereitungen für eine bombastische Hochzeit und schwebte im siebten Himmel. Klaus begann sich bereits mit der Umsetzung der Pläne für den geplanten Reitstall zu beschäftigen, war aber bemüht, Alberts Pläne nicht zu durchkreuzen, wodurch es zu keiner weiteren Eskalation zwischen Ada und ihrem Bruder kam.

Auch Roman versuchte inzwischen, sein Verhältnis mit Josefine nicht mehr zu verbergen. Erstmals und mit Erstaunen erlebten jetzt Albert und Adelaide, dass ihr Bruder aufgehört hatte herumzustreunen und regelmäßig seine Nächte im Schlafzimmer Josefines verbrachte.

„Des Menschen Hörigkeit", stellte Adelaide fest, als sie mit Albert allein am Frühstückstisch saß, da sich Roman und Josefine in die Küche zurückgezogen hatten.

Falls Albert sie gehört hatte, ließ er dies nicht erkennen.

„Und übrigens" sagte er, „Du weißt, dass ich auch wegen der Bilder in Ischl eine Entscheidung treffen muss."

„Mein Gott", sagte Adelaide gelangweilt, „ist denn das wirklich Deine einzige Sorge, pfeif auf das Zeug. Gönn Dir doch selbst ein wenig Vergnügen", fügte sie versöhnlich hinzu.

Wieder gab Albert keine Antwort.

Adelaide hob den Kopf und musterte ihn zweifelnd.

„Was immer Du tust, sei vorsichtig. Wenn Du nur einen Funken Verstand hast, lass die Polizei aus dem Spiel und zieh die Anzeige wegen des Bildes aus Vaters Arbeitszimmer zurück."

„Das ist doch nicht Dein Ernst?"

„Mein voller Ernst, Albert. Dass die Familie in die Sache mitverwickelt ist, kann doch gar nicht mehr ausgeschlossen werden. Auch Mutter dürfte noch mit beteiligt gewesen sein, das sage ich Dir jetzt zur Güte und halte Dir auch vor Augen, was für einen Skandal Du auslösen würdest. Er wäre der gesellschaftliche Ruin unseres Namens und der Ruf Deiner Kanzlei könnte in den Keller fallen."

Schlimmeres war für Albert kaum vorstellbar. Er zögerte. „Ich werde mir die Entscheidung vorbehalten."

„Albert, auch wenn hier eine Menge Geld im Spiel ist, Du kannst nie so viel gewinnen, als Dich der Spott, den Du ernten wirst, kosten kann."

Adelaide zögerte.

„Oder bist Du schon zu weit gegangen, Bruder? Wird Dich Mathilde auch weiterhin schützen?"

Albert tupfte mit der Serviette seine Lippen ab, stand ruhig auf und verließ den Raum.

„Ich bin wirklich eine dumme Kuh", dachte Adelaide, „den Schluss hätte Klaus jetzt nicht gerne gehört."

Anlässlich der Information, die ihm da so unvermutet zugekommen war, fand Bernauer es auch im Sinne Kronbergs für unverfänglich, Richard Ferber in seiner Galerie aufzusuchen.
Nach telefonischer Verabredung fand er die Adresse ganz leicht und war überrascht und beeindruckt von dem, was er zu sehen bekam.
Bereits die Geschäftsfront mit der schwarz lackierten Holztür strahlte diskreten klassischen Charme aus und passte sich perfekt dem eleganten Chic der Umgebung an. So wurden auch nur wenig erfahrene Käufer nicht bereits durch ultramoderne, minimalistische Elemente eingeschüchtert.
Bernauer betrat die Galerie über zwei breite, weiß gekalkte Stufen, die links und rechts durch einen Topf mit goldfarbenen Chrysanthemen gesäumt waren und stand dann übergangslos in einem hohen, ausladenden Raum, an dessen Wänden die einzelnen Exponate den Blick des Betrachters magisch ansaugen mussten. Vereinzelt standen auch hellbezogene Stühle aus Holz vor den Gemälden, vermutlich, um es dem Gast zu ermöglichen, sitzend und in bequemer Stellung das Werk zu betrachten.
Obwohl die Galerie mit einem wunderbar weichflockigen Teppichboden ausgelegt war, der die Schritte derjenigen, die sich auf ihm bewegten, so sehr dämpfte,

dass kein Laut die Stille des Raumes unterbrach, bat Anton Krüll, der Bernauer den Rücken zugewandt hatte, ein älteres Paar, mit dem er eben eine Unterhaltung vor einer Skulptur in einer silbergrauen Nische führte, ihn für eine Sekunde zu entschuldigen. Er begrüßte Bernauer förmlich und geleitete ihn durch einen längeren, beinahe zimmerbreiten Flur in das Büro Richard Ferbers.

Ferbers Arbeitsraum nahm sich im Gegensatz zum angenehm übersichtlichen Ambiente der Galerie überraschend überfüllt aus.

Kataloge säumten nicht nur die Wände, sie füllten auch seinen Schreibtisch in direkter Konkurrenz mit Geschäftspapieren jeglichen Formats und einigen undefinierbaren Kunstwerken, die sich auf einem separierten Holztisch befanden. Daneben gab es drei Stand-Spots, die vermutlich der gnadenlosen Ausleuchtung der Exponate dienten, während aus einer unsichtbaren Anlage die wundervolle Stimme der Callas ‚Un bel di vedremo' ergreifend in Szene setzte.

„Madame Butterfly", dachte Bernauer, „Tragödien, immer und überall."

Ferber, der dabei war zu telefonieren, bat ihn mit einer Handbewegung auf einem Stuhl, der wie für die Ewigkeit gemacht schien, Platz zu nehmen.

„Solides Ding", sagte Bernauer, als der Galeriebesitzer sein Gespräch beendet hatte, und zeigte auf das massive Möbel.

„Ein Kirchenstuhl", erklärte Ferber, „kommt aus einer russisch-orthodoxen Kapelle. Leider unverkäuflich, da zu schwer, also erfreue ich mich selbst daran."

Sie schüttelten sich die Hände.

„Was führt Dich nun in meinen bescheidenen Tempel?" fragte Ferber neugierig.

„Es geht um die Bilder der Gschwandtners, Richard", sagte Bernauer, „der Senior hat doch diesbezügliche Geschäfte nur über Dich abgewickelt."

„Stimmt", bestätigte Ferber, „aber jetzt werde ich vermutlich mit Albert in Verhandlungen treten müssen, sofern er seine Pläne überhaupt noch weiterverfolgen möchte. Also, was kann ich für Dich tun?"

„Welche Pläne wollte er den da verwirklichen?"

„Es war seinerzeit eigentlich ein hypothetisches Gespräch. Er interessierte sich spezifisch für den Gemäldekunstmarkt, wie sich Bilder verkaufen ließen und ob große Aktionshäuser ganze Sammlungen übernehmen würden oder nur einzelne Exponate, na eben Dinge, von denen Albert, so wie eine Menge anderer mit ihm, keine Ahnung haben. Vielleicht könnte unter den jetzigen Umständen das Ganze spruchreif werden", spann Ferber seinen Faden weiter.

„Wann habt Ihr denn diese Unterhaltung geführt?"

„Das dürfte vor gut zwei Jahren gewesen sein. Bei einer Festivität von Rotary, wenn ich mich recht erinnere. Ist das wichtig?"

„Vielleicht, was hast Du ihm damals gesagt?"

„Das sei individuell, die Werke müssten erst geschätzt und katalogisiert werden, dann würde man weitersehen können."

„Und er?"

„Albert hat das Thema dann nicht mehr erwähnt."

„Seid Ihr irgendwann darauf zurückgekommen?"

„Eigentlich nicht, wir sehen uns aber auch nur sehr selten."

Bernauer überlegte kurz.

„Dann war es für ihn sicher ungeheuer günstig, dass sein Vater die Schenkung nicht mehr verwirklichen konnte."

„Du sagst es! Der Wert der Gemälde ist exorbitant."

Beide nickten beeindruckt. Schon die bloße Vorstellung dieser Werte konnte in einem Menschen die niedrigsten Instinkte wecken.

„Interessant", sagte Bernauer nachdenklich, „aber trotzdem geht es mir heute um etwas anderes."

Ferber, dem der beunruhigende Ton in seiner Stimme nicht entgangen war, betrachtete angelegentlich seine Fingerkuppen.

„Also, was liegt an?" fragte er etwas gekünstelt.

„Ja, was liegt an?" wiederholte Bernauer ziemlich freudlos, „ein irgendwie unglaubliches Gerücht, auf das ich durch Zufall im Zuge verschiedener Ermittlungen gestoßen bin. Frag mich bitte nicht, wo oder von wem. Also, demnach soll eine Fälschung des aus dem Arbeitszimmer Gschwandtners gestohlenen Gemäldes aufgetaucht sein, allerdings in London und das Geschäft wäre demnach über Deine Galerie abgewickelt worden."

Richard Ferber hob den Kopf, überlegte und fragte dann: „Ist es gestattet, dass ich Dir während der Vernehmung eine Tasse Kaffee anbiete?"

„Das ist keine Vernehmung", antwortete Bernauer, „nur ein privates Gespräch über Dinge, für die ich eigentlich nicht zuständig bin."

„Soll das jetzt eine subtile Modifikation zu meiner Beruhigung sein?" fragte Ferber misstrauisch.

„Nein, ich versuche lediglich dieser Fährte nachzugehen und brauche dazu Deine Hilfe, wobei auch eine anständige Tasse Kaffee von erfreulichem Nutzen sein könnte."

Ferber trat an das sündteure Gerät italienischer Herkunft, drückte bedächtig auf eine der Tasten und setzte damit ein Mahlwerk in Gang, welches unter ohrenbetäubendem Getöse unschuldige Kaffeebohnen zu verschlingen begann und diese dann auch noch mitleidslos malträtierte.

„Eine verfluchte Dreckssituation." Er verstummte und hob wie zur Kapitulation beide Hände.

Der Krach aus der Maschine hatte sich inzwischen zu einem leisen Brummen gesenkt und war vom lieblichen Duft perfekten Kaffeegenusses abgelöst worden.

„Nein", sagte Ferber, „ich habe keine Ahnung, was da gelaufen ist. Wer immer das Bild gestohlen hat, muss auch einen großartigen Fälscher beschäftigt haben. Wie es allerdings später zur angeblichen Vermittlung dieser Kopie über meine Galerie gekommen sein sollte, bleibt trotz sorgfältigster Recherchen ein Rätsel und noch weniger kann ich begreifen, wie man dann noch auf die Idee kam auch die Fälschung zu verkaufen, wenn man bereits das Original in Händen und verscherbelt hatte. Das musste doch auffliegen So weit mir die Sache bekannt ist, wurde die Kaufsumme für das gefälschte Bild durch Überweisung erlegt und soll sich dann blitzartig über die Banken verloren haben, aber erwarte von dorther keine Auskunft, Du könntest eben so gut einen Grabstein anzapfen.

Das wirkliche Problem ist nämlich, aber jetzt nur rein unter uns gesagt," führte er in verschwörerisch anmutendem Ton weiter aus, „dass im Kunsthandel viele Stücke, die letztlich in Sammlungen verschwinden, unter der Hand, also mit Schwarzgeld, bezahlt werden. Die Rückforderung eines solchen Kaufpreises ist dann immer eine schlechte Alternative zu der unausbleiblichen Folge, im Zuge des Verfahrens die Steuerfahndung an den Hals zu bekommen. Es sieht also für verschiedene Beteiligte nicht gerade rosig aus."

„Du meinst hier für den Käufer der Fälschung, weil er eigentlich schweigen müsste?"

„Nicht nur für ihn. Brächte man unsere Sache jetzt an die Öffentlichkeit, käme es für das Aktionshaus in London sowie das meine zu einem Skandal, der sich gewaschen hat, vom geschäftlichen Schaden natürlich ganz zu schweigen, denn zurzeit ist die Branche etwas ins schiefe Licht geraten und es bleibt immer etwas hängen davon.

Meist haben auch die jeweiligen Versicherungen kein Bedürfnis, die Angelegenheit an die große Glocke zu hängen, denn Diskretion ist auch in diesen Kreisen absolutes Gebot, sie wollen dabei nur möglichst kostengünstig aussteigen.

Und genau so liegen die Dinge in diesem Fall. Der Käufer, ein angesehener Sammler, legt verständlicherweise keinen Wert auf die Publikation seines Missgriffs, möchte aber auch auf sein Geld nicht verzichten."

„Wusstest Du eigentlich, dass der Restaurator Hirschler aus gesundheitlichen Gründen schon seit längerer Zeit nicht mehr in der Lage war, die notwendigen Restaurierungsarbeiten an Gemälden durchzuführen?"

„Das ist doch nicht Dein Ernst?"

„Leider, er war schwerer Asthmatiker."

„Und wer?" fragte Ferber ungläubig.

„Hat sie dann restauriert, meinst Du? Anton Krüll hat die Arbeiten durchgeführt, aber Hirschler hat weiterhin offiziell die Aufträge erhalten. Ich weiß es von Krüll selbst."

Die kleine Pause, in der man sich dann nur dem Kaffeegenuss widmete, empfanden beide als wohltuend, es gab einfach zu wenig Antworten auf zu viele unangenehme Fragen.

Schließlich sprach Ferber die logische Folgerung aus: „Du vermutest also, dass Krüll hier seine Finger mit im Spiel hatte. Womöglich ist er es sogar, der das Bild kopiert hat?"

„Es ist, wie die Dinge jetzt liegen, nicht auszuschließen."

„Ein derartiger Verdacht wäre mir nie gekommen", sagte Ferber bekümmert „und wie sollte das auch möglich sein, er müsste ja direkt im Arbeitszimmer Bertrams gearbeitet haben, in seine Werkstatt mitnehmen konnte er das Gemälde ja nicht."

„Darauf kannst Du wetten", grinste Bernauer, „der alte Bertram hätte ihm eine Ladung Schrot in den Allerwertesten gejagt."

„Die Schwierigkeit bei der Identifikation einer Fälschung ist leider", sagte Ferber, „dass zwar jeder Maler seine eigene künstlerische Handschrift hat, in Farbe und Strich zum Beispiel, aber dass der Kopierer dann punktgenau alle seine Eigenheiten übernimmt, vorausgesetzt natürlich, er ist gut."

„Wie gut ist denn zum Beispiel Krüll?"

„Sehr gut und es wäre durchaus vorstellbar, dass Dir seine Werkstätte darüber Aufschluss geben könnte, nur mal ganz vage gedacht. Aber reicht so ein Verdacht für Dich aus? Ich meine, dass Du Dir auf diese Weise Gewissheit verschaffst, nachdem Du bereits mit ihm gesprochen hast?"

„Nein, das reicht nicht aus. Es wäre außerdem nicht Sache meines Dezernats und kein Richter würde mir auf diese spekulative Folgerung hin die nötige Vollmacht ausstellen. Überhaupt, so lange hier keine Anzeige über den Verkauf einer Fälschung vorliegt, gibt es keine polizeilichen Ermittlungen. Bis jetzt handelt es sich lediglich um ein Gerücht, von dem ich zufällig erfahren habe, offiziell ist es genaugenommen also nicht einmal ein Fall."

„Krüll ist ein hervorragender Mitarbeiter für mich", stellte Ferber ungläubig fest, „loyal und fachkundig, pünktlich und zuverlässig. Es will mir einfach nicht in den Kopf, dass er sich auf eine derartige Chose eingelassen haben soll."

„Es wäre für mich bereits eine große Hilfe, wenn ich wenigstens über seine Person besser Bescheid wüsste, mit wem habe ich es denn hier überhaupt zu tun?"

„Mit einem exzentrischen, aber bescheidenen Mann, der große Fähigkeiten besitzt, sein Licht aber weit unter den Scheffel stellt. Er ist intelligent, gebildet und besitzt enormes Fachwissen, das er auch immer wieder auf den neuesten Stand bringt.

Studiert hat er bildende Kunst und hält Vorträge in Materialkunde an der Universität. Ich glaube allerdings, dass dies eher eine Art Hobby für ihn ist, verdienen lässt sich damit vermutlich wenig.

Privat kenne ich ihn kaum und dass er mit Hirschler zusammengelebt hat, ist Dir ja ohnedies bekannt."

„Krüll trägt eine kostspielige Uhr und einen teuren Anzug."

„Maßkleidung ist in einem Laden wie dem unsrigen obligatorisch. Ab einem gewissen Niveau verkauft sich Kunst eben nicht mehr im Anzug von der Stange.

Ich glaube aber, die beiden haben ein eher zurückgezogenes Leben geführt und sich nur einmal im Jahr eine Urlaubsreise gegönnt.

„Ziemlich unergiebig", stellte Bernauer fest, „der Mann scheint sonst keine Interessen zu haben und so bleibt mir auch keine Möglichkeit, an ihn heranzukommen. Offiziell ist er leider auch nicht verpflichtet, mir weitere Auskünfte zu geben, da kein unmittelbarer Zusammenhang mit meinen Ermittlungen gegeben ist."

Ferber zögerte kurz.

„Vielleicht kann ich doch ein wenig beitragen, vielleicht ist es aber auch vollkommen unwichtig."

Bernauer schüttelte den Kopf und hob ermunternd die Handflächen.

„Ich habe da einen Teil eines Telefongesprächs in Erinnerung, bei dem Krüll sich am Freitag mit jemandem treffen will, wahrscheinlich in einem Nachtlokal.

‚Es wird später, ich muss einen wichtigen Kunden zum Abendessen ausführen. Treffen wir uns also gleich im ‚Dark Eagle'.'

Der andere kennt das Lokal offensichtlich."

„Kann gut sein", meinte Bernauer, denn die Gay-Bar Dark Eagle war auch ihm ein Begriff, „ich denke jedenfalls, dass sich eine solche Recherche auszahlen könnte."

„Soll das heißen, Du willst ihn gleich dort unter die Lupe nehmen?"

Bernauer lachte, „Nicht unter die Lupe, unters Mikroskop, mon ami."

„Na dann, viel Erfolg", sagte Ferber zweifelnd.

„Kanntest Du eigentlich den Tintoretto, den die Gschwandtners besessen haben sollen?"

„Also Bertram hatte keinen, das wüsste ich. Wie kommst Du auf diese Idee?"

„Ich bin Mitglied der Russenmafia", flüsterte Bernauer, „aber sag es nicht weiter."

Zufrieden lächelnd erhob er sich wieder aus seinem voluminösen Kirchenstuhl und meinte noch bedauernd: „Sehr bequem das Ding, wäre vielleicht für mein Prager Wohnzimmer geeignet."

„Wie weit bist Du denn schon mit der Veredelung Deiner Erbschaft?"

„Das notwendigste fürs Haus habe ich bereits hinter mir. Der unwichtigere Rest steht mir noch bevor, aber der Garten kann ruhig auch noch bis ins Frühjahr warten."

„Ganz schön heavy, kommst Du zurecht?"

„Die Kosten läppern sich, aber schlimmer ist, dass mir einfach die Zeit fehlt. Jede Fahrt nach Prag ist schließlich eine gemütliche Vierhundertkilometerleistung."

„Nimm doch einfach den Luxbus", schlug Ferber vor, „das ist eine wirklich gute Sache. Fährt direkt von Salzburg nach Prag. Du kommst entspannt an und studierst während der Fahrt auch noch locker Deine Akten."

Bevor er die Galerie verließ, blieb Bernauer vor der silbernen Nische mit der Skulptur stehen.

„Wer soll denn um Himmels Willen diese Abscheulichkeit kaufen, so lange er wenigstens noch einen Funken Verstand hat?" fragte er schaudernd.

„Du wür dest überrascht sein."

„Einen hüftlangen Hängebusen?"

„Wenn der Preis dafür hoch genug ist!"

Albert und Adelaide saßen am Frühstückstisch.
„Was ist mit Roman?" fragte Albert, „ich habe doch klar und deutlich zum Ausdruck gebracht, dass ich Euch beide zu sprechen wünsche."
„Roman scheint davon nicht sehr beeindruckt zu sein."
„Seine Arroganz wird ihn eines Tages noch teuer zu stehen kommen."
„Keine Drohungen", lachte Roman, der eben den Raum betrat, „die gesamte Gang ist bereits versammelt."
Albert schob mit vorwurfsvoller Geste die Kaffeekanne in Romans Richtung.
„Ich habe leider aus zuverlässiger Quelle erfahren, dass sich die Polizei für den Verkauf der Kopie des Gemäldes, welches uns seinerzeit gestohlen wurde, interessiert und merkwürdigerweise ist es die Mordkommission", erklärte er sauertöpfisch.
„Und besonderen Wert legt man auf die Verfolgung einer Überweisung, die an ein Schweizer Bankinstitut getätigt wurde. Bisher ist das Geld nämlich verschwunden, der Kontoinhaber unbekannt, aber die Sache wird sich nachvollziehen lassen, könnte ich mir vorstellen. Daher noch einmal meine Frage an Euch: Hattet Ihr irgendwie damit zu tun? Es ist zwar keinesfalls so, dass ich Euch nicht liebend gern der Polizei übergeben würde, aber ich habe nun einmal die schwierige Aufgabe, den Ruf unseres Hauses und die

Bonität der Kanzlei zu wahren. Dem Himmel sei Dank, dass die Beteiligten jedes Aufsehen scheuen, also müsste es möglich sein, eine Einigung zu erzielen. Ich frage daher noch einmal dezidiert: Ist einer von Euch in die Sache verstrickt? Müssen wir vielleicht zahlen, um Schaden von unserem Haus abzuwenden?"

Roman hatte wie unabsichtlich einen Ellbogen auf die Tischplatte gestützt, doch zeigte sich deutlich, dass diese lässige Haltung letztlich nur Pose war.
Adelaide pochte mit den Fingern rhythmisch über die Tischplatte, einem ihr eigenen Ausdruck von Ärgerlichkeit, und starrte den Bruder feindselig an.
„Albert", sagte sie, „Du wirst sichtlich immer merkwürdiger. Könnte es sein, dass Du uns beschuldigst, um eine Rechtfertigung für eigene Verfehlungen zu haben, falls wir bezahlen müssten?"

Bernauer hatte sich hinters Telefon geklemmt und konnte nach mehreren Versuchen endlich Giorgio di Angelo erreichen.
„Giorgio", fragte er, „bist Du für morgen Abend bereits verabredet?"
„Nein, ich hatte eigentlich vor, mich bequem an der Hotelbar zu betrinken und dann ins Bett zu gehen."
„Besitzt Du eine Lederjacke?"
„Ja, wieso?"

„Dann zieh sie morgen abends an und ich zeige Dir ein Lokal, das Dich sicherlich interessieren wird. Ich komme so gegen Neun und hole Dich ab."

„Ich bin für alles offen", lachte di Angelo.

„Du stehst dann im Dienste der Republik", sagte Bernauer, „Österreich wird stolz auf Dich sein."

Am nächsten Abend standen Bernauer, ein weiterer Beamter des Morddezernats und Giorgio in der Salzburger Paracelsusstraße und betrachteten interessiert die Ankündigungen an der leuchtenden Fassade des Lokals.

Alle drei trugen Lederjacken zu Jeans und Bernauer hoffte dringlich, dass man sie einlassen würde, ohne dass er die Dienstmarke vorzuweisen brauchte.

„Meine erste und vermutlich einzige verdeckte Ermittlung", dachte er amüsiert, „wenn nur die Hürde am Eingang genommen werden kann."

Alles verlief glatt. Ungehindert passierten sie den Türsteher und versuchten sich dann in der lichtgedämpften Atmosphäre der Cruising Arena zu orientieren, enterten drei Hocker an der Bar und versuchten, mit lautstarker Stimme und entsprechenden Gesten über die Musik hinweg dem Barkeeper ihre Bestellung zu vermitteln.

„Dreimal Bier", bestätigte der Kellner, „läuft" und betrachtete interessiert die breite Schulterpartie des zweiten Polizisten. Aber er war jedenfalls nicht der einzige, der die drei neuen Gäste unverhohlen taxierte.

Soweit es der Raum zuließ, behielt Bernauer bei der Ausschau nach Krüll den Eingang im Auge, aber dieser war offensichtlich noch nicht gekommen.

Rund um eine kleine Bühne wurde jetzt das Licht merklich abgedunkelt, aus dem undurchdringlichen Nichts begann die angekündigte Show und daran gab es nichts zu rütteln. Hier wurde dem interessierten Zuseher sowohl eine komödiantische als auch artistische Hochleistung in Sachen Sex geboten.

Bernauer hoffte nur inständig, dass Krüll, falls er erschien, nicht ungesehen in der Dunkelheit des oberen Geschosses verschwinden und sich damit ihrer Beobachtung entziehen würde.

Doch seine Sorge war unbegründet. Noch während der Vorstellung trat Anton Krüll in den Raum, blickte sich suchend um und ging dann auf einen Tisch zu, der nahe der verhüllten Fensterwand am Ende des Raumes stand.

Der junge Mann, der da bemerkenswert unruhig auf einem der Stühle saß, war Bernauer die ganze Zeit über schon aufgefallen. Er sah immer wieder zur Tür, nahm mit niemand Kontakt auf und schob sichtlich nervös sein Glas auf der Spiegelplatte des Tischchens hin und her.

Die Begrüßung zwischen Krüll und dem Burschen fiel sichtlich kühl aus und im Laufe des Gesprächs schien die Unterhaltung überhaupt einseitig zu werden, denn letztlich war es nur noch Krüll, der heftig auf den jüngeren einredete und es schien jedenfalls so, als ob das Gewitter seiner Vorwürfe kaum mehr von den immer lahmer werdenden Einwürfen des Gescholtenen unterbrochen würde.

So wie nun die Situation gediehen war, hielt es Bernauer für unnötig, Krüll und seinen Tischgenossen weiter zu zweit im Auge zu behalten.

„Gehen Sie zum Wagen und machen Sie sich darauf gefasst, länger zu warten. Wenn der Junge das Lokal verlässt, stellen Sie fest, wohin er geht oder fährt, ich will wissen, wo er wohnt, den Namen an seinem Türschild und ob ihn jemand begleitet. Mein Freund und ich bleiben inzwischen hier an der Bar stehen."

„Wollen Sie später abgeholt werden?"

„Nein", sagte Bernauer, „das wird nicht nötig sein."

Nach höchstens zwanzig Minuten sowie einem weiteren, hastig geleerten Getränk legte Krüll einen Geldschein auf den Tisch und verließ ungehindert die Bar.

Der junge Mann, der sich höflich erhoben hatte, als Krüll gekommen und gegangen war, zog eilig ein Handy aus seiner Jackentasche, aber nach dem dritten Versuch, eine Verbindung zu bekommen, begnügte er sich damit, eine kurze Nachricht zu versenden und schlenderte dann langsam durch die bereits sichtlich beschwingten Gruppen, die sich teilweise auch schon zu Paaren gefunden hatten.

Dass di Angelo und Bernauer in angemessener Lautstärke gegen den beachtlichen Lärmpegel ankämpften, um eine Unterhaltung führen zu können, hielt allerdings einen angeheiterten Gast mit Kapitänskappe nicht davon ab, di Angelo in knappen Abständen animierend zuzuzwinkern.

„Wenn der Kerl so weiter macht, bekomme ich schon einen Krampf im Lid, wenn ich ihn nur sehe", sagte Giorgio gequält und obwohl er sich zwang, seinen Blick auf Bernauer zu konzentrieren, kontrollierte er zwanghaft immer wieder, ob der Seemann nicht endlich seinen Platz geräumt hätte.

Bernauer, der den jungen Gesprächspartner Krülls zwischenzeitlich aus den Augen verloren hatte, sah nun aus der dichten Menge dessen modische Cowboy-Stiefelchen auf sich zukommen und schon stand das Bürschchen auffordernd grinsend vor ihm.

„Na, was hältst Du davon, Süßer?" flachste er Bernauer an und schob ihm bereitwillig die schmalen Hüften entgegen.

„Wie Du siehst, bin ich beschäftigt."

„Also ganz ehrlich, Du hast mich doch die ganze Zeit schon nackt sehen wollen, gib es zu", schmeichelte der Junge.

„Mit nackter Ehrlichkeit bist Du nur schwer vereinbar", sagte Bernauer, „los, zieh Leine."

„Ach", grinste der Bursche, „Dein hübscher Freund ist wohl eifersüchtig."

Di Angelo verschanzte sich hinter seiner Biertulpe, aber das half auch nicht wirklich.

„Abflug Kleiner, mein Freund steht nicht auf Tussen", mischte sich plötzlich dröhnend die Stimme von Bernauers Begleiter ein, der zurückgekommen war, nachdem Krüll ohne den zu observierenden Jungen das Lokal verlassen hatte.

Seine nachdrücklich begleitende Handbewegung ließ keinen Zweifel offen und das riesige Gebiss gab dem breiten Grinsen des glatzköpfigen Mannes den beängstigenden Ausdruck eines gut gelaunten Haifisches.

„Keinen Stress, Mann", versuchte der Barkeeper zu vermitteln. „Krieg Dich ein, Großer."

„Scheiß Dir nicht ins Kleid, Flaschenhals, und sag mir ja nie mehr, was ich zu tun habe."

Der Anblick des stiernackigen Mannes war natürlich sehr wirkungsvoll, beeindruckte aber eine blonde, rosa gewandete und trotzdem unverkennbar männliche Dame aus der Artistenshow nicht ausreichend.

„Luigi", prustete sie lauthals, „treibst Du Unzucht mit den Bullen?"

„Wieso Bullen?" fragte der Junge ungläubig.

„Hundert pro Luigi, das ist High noon", quiekte der Blonde.

Eine unrühmliche Enttarnung, aber kein Problem für Bernauers Kollegen, dessen Erfahrung seinen Blick durch langjährigen Dienst im Milieu aufs untrüglichste geschärft hatte.

„Gnädigste haben anscheinend Erfahrung mit der Sitte", stellte er fest.

„Da liegt nichts vor, stolzer Zentauer", grinste sie, „aber wenn Du mich trotzdem zur Brust nehmen willst?"

„Schluss", sagte Bernauer, zog seine Dienstmarke und zeigte auf den mit Luigi angesprochenen jungen Mann.

„Ich werde lediglich kurz mit ihm unter vier Augen sprechen. Die Party ist zu Ende, Leute."

Da die Sache den Beamten ernst zu sein schien, zogen sich die enttäuschten Zuschauer des überaus interessanten Wortgefechts zurück, nur der Barkeeper konnte unbemerkt, aber hellhörig, seine Chance wahrnehmen.

Er trat zwar gehorsam außer Sichtweite, lauerte aber dann angestrengt hinter seinem Flaschenregal, um ja kein Wort der kostbaren Information zu versäumen.

Obwohl er sich in seiner exponierten Stellung an der Bar als Geheimnisträger sah, folgte er andererseits dem Grundsatz ‚Wissen ist Macht'.

Was er dann zu hören bekam, war zwar nicht allzu viel und auch keineswegs aufregend, aber immerhin wusste er jetzt, dass Luigi, dessen Namen und Adresse notiert worden waren, zur Aussage aufs Polizeipräsidium bestellt worden war.

Den Rest würde er schon noch herausfinden, es war nur eine Sache der Zeit.

„Nach getaner Arbeit ist gut ruh'n", stellte Bernauer fest und da man das Programm ohnehin schon gesehen hatte, verließen die drei den inzwischen rammelvollen Laden.

Bernauer und Giorgio begaben sich dann zur Entspannung noch auf einen kurzen Zwischenstopp ins ‚Beer Lounge', aber jedes Mal, wenn ihn dort jemand direkt ansah, begann di Angelos rechtes Augenlid zu zucken. Ein Übel, das allerdings unter Zuhilfenahme einiger Whiskys bis zu seinem späteren Marsch ins Hotel durch die Salzburger Altstadt behoben werden konnte.

Ludwig Zenato, vulgo Luigi, fühlte sich sichtlich unwohl in seinem Sessel.

Bernauer, der noch im Kalender geblättert hatte unterdrückte ein Lächeln, denn die unpersönliche Atmosphäre seines Büros bedrückte, wie auch sonst üblich, allzu offensichtlich das Gemüt dieses halben Kindes vor seinem Schreibtisch. Natürlich musste man im gegenständlichen Fall berücksichtigen, dass die Erinnerungen des jungen Mannes an das vorabendliche Intermezzo nicht gerade angenehm sein durften.

„Herr Zenato", sagte er daher ruhig, „sind Sie Italiener?

„Wegen meines Namens? Nein, ich bin Österreicher in zweiter Generation."

„Sie wissen, warum ich Sie sprechen will?"

Zenato zuckte unentschlossen die Schultern und trug mit sich selbst den Kampf zwischen Ablehnung und Kooperationsbereitschaft aus. Dann brach es förmlich aus ihm heraus:

„Ich bin nicht so einer wie Sie denken, ich wollte überhaupt nichts anderes machen als Spaß, nur Spaß und sonst nichts."

„Na ja", sagte Bernauer und wechselte über zur weniger formellen Anrede. „Dann sei froh, dass Du nicht versucht hast, mir ein Geschäft vorzuschlagen."

Zenato nickte bekräftigend und fragte dann ängstlich: „Aber dieser andere Polizist, der von gestern? Den großen meine ich."

„Bellt, aber beißt nicht", sagte Bernauer, fügte jedoch warnend hinzu: „zumindest nicht gleich."

„Warum wollen Sie mich denn überhaupt verhören?" fragte der Junge verstört.

„Von Verhören kann keine Rede sein, wie Du siehst, habe ich auch kein Aufnahmegerät eingeschaltet", erklärte ihm Bernauer, „ich muss mit Dir reden."

„Aber ich habe mich doch schon entschuldigt, ich bin wirklich nicht so", begann Zenato wieder.

„Nein, ich weiß", sagte Bernauer ruhig, „Du bist nur ein junger Mann, der Scheiße gebaut hat und furchtbar erschrocken war, als ihm Krüll das auf den Kopf zugesagt hat."

Das Gesicht des Burschen erstarrte in überraschtem Staunen. „Woher wissen Sie denn das?" stammelte er.

„Das lassen wir einmal beiseite. Bilderfälschung, Betrug und so verschiedenes mehr ist nicht mein Gebiet, und es besteht auch keine unbedingte Notwendigkeit, dass ich dienstliche Schritte gegen Dich unternehme", klärte ihn Bernauer auf.

„Dein Glück ist auch, dass bis jetzt kein Geschädigter an der Aufklärung durch die Polizei interessiert ist.
Nur ich brauche im Rahmen von Mordermittlungen verschiedene Informationen. Wenn Du mir dabei hilfst, werde ich Dir helfen, indem ich Dich weitgehend als Informanten behandle."

„Ja, aber ich weiß doch überhaupt nichts über einen Mord, das müssen Sie mir glauben."

„Mach Dir darüber keine Gedanken", sagte Bernauer, „erzähle mir einfach, wie Du in die Sache mit dem Gemälde hineingeraten bist, war es Deine Idee?"

„Ada hat Ihnen die Geschichte erzählt?"

„Ada?" fragte Bernauer überascht, „Du meinst Adelaide Gschwandtner?"

Als Zenato erfasste, dass er einen Fehler gemacht hatte, war es zu spät.

„Wen denn sonst?" fragte er resigniert.

„Egal, denk an Deine Zukunft", erinnerte ihn Bernauer, „es ist jetzt höchste Zeit, die Wahrheit zu sagen, sonst werden alle anderen über kurz oder lang Ihren Kopf aus der Schlinge ziehen und Du wirst es letztendlich sein, der den Miesen erwischt hat."

Nach kurzer Überlegung meinte der Junge: „Eigentlich bleibt mir ja keine Wahl."

„Die Wahl hat man immer, nur ist sie wie hier manchmal nicht angenehm."

Bernauer kreuzte die Hände über dem Schreibtisch und wartete ruhig.

„Das ganze hat völlig blödsinnig angefangen", begann Zenato, „eine spannende Sache. Mein Freund und ich studieren Malerei und Kunstgeschichte. Durch Zufall haben wir den Krüll bei einem Kurs in Materialkunde kennengelernt und manchmal haben wir für ihn kleinere Aufträge erledigt und dabei ein wenig Taschengeld verdient, oder ihm bei seinem liebsten Hobby zugesehen, dem Kopieren bedeutender Meisterwerke. Man kann da eine ganze Menge lernen, denn seine Arbeiten sind perfekt.

Eines Tages malte er ein Bild nach Fotografien. Wahrscheinlich war es dann doch nicht so, wie er es haben wollte, aber er sagte nur lachend, vorderhand würde es genügen.

Einige Tage später entdeckte ich durch Zufall ein abgedecktes Bild in seiner Werkstatt, das hundert pro das Original zu den Fotografien gewesen ist, aber bald darauf war es verschwunden. Natürlich wollte ich nicht zugeben, geschnüffelt zu haben, also wurde auch nicht darüber gesprochen. Wenig später bat uns der Krüll um einen riesigen Gefallen, ein Abenteuer, nicht ganz legal, aber völlig gefahrlos und eilig. Die Sache müsste natürlich geheim bleiben, das sei jedenfalls der besondere Wunsch des Kunden."

Uns gefiel es.

„Wieder einer, der Geld braucht und heimlich ein Bild verkaufen will", dachten wir und waren sofort mit im Geschäft. Diesmal gab es auch ein paar Mäuse extra für uns.

Krüll gab uns Namen und Adresse samt dem passenden Haustürschlüssel. Das Gemälde sollten wir aus einem Arbeitszimmer im Parterre holen und unauffällig damit verschwinden, die Familie sei auch nicht im Haus und die Alarmanlage nicht eingeschaltet. Dafür würde der Hausherr sorgen.

„Luigi", sagte Klaus zu mir, „wenn das nicht nach Versicherungsbetrug stinkt?"

„Gott, ist dieser Bursche naiv", dachte Bernauer, „hoffentlich behält er in Zukunft diesen Verdacht bei sich."

„Aber das ging uns ja dann wirklich nichts an" stellte Luigi mit Überzeugung fest.

„Wir hatten einen Auftrag zu erfüllen und der Besitzer musste wissen was er tat. Natürlich konnten wir das Gemälde nur mit einem Wagen abtransportieren und Krüll gab uns die Schlüssel für den SUV, der hinter der Galerie stand. Idiotischer Weise sind wir dann bis dicht vor die genannte Adresse gefahren."

„Hochinteressant", sagte Bernauer „und was dann?"

„Dumm gelaufen", erklärte Zenato mit schiefem Grinsen, „ich blieb im Wagen und Klaus ging unbesorgt ins Haus, um das Bild zu holen.

Als er eben mit dem Gemälde abhauen wollte, öffnete sich die Aufzugtür und eine Frau im Rollstuhl stand zwischen ihm und der Haustür."

Er spielte im Gedanken an dieses Missgeschick nervös mit einem Bündel Freundschaftsbändern an seinem Handgelenk und stellte dann fest:

„Schlimm war, dass sie eine kleine Pistole in der Hand hielt. Sie war dann aber eigentlich ganz nett, ließ sich die Geschichte von Klaus erzählen und amüsierte sich sogar königlich darüber. Anschließend drängte sie ihn dazu möglichst schnell mitsamt dem Gemälde zu verschwinden und meinte noch, es wäre ein großartiger Witz, dass ihr Zahnarzt sie gerade heute sitzengelassen hatte. Klaus und sie sind dann sogar weiter in Verbindung geblieben."

Belustigt schüttelte er seine Freundschaftsbänder.

„Echt steil war es ja, dass wir da nicht nur eine Kopie des Gemäldes, sondern sogar die schlechtere gestohlen haben."

„Verstehe", sagte Bernauer, „es war diejenige, die behelfsmäßig nach den Fotos gemalt war, weil Krüll das Original unauffällig ersetzen lassen musste, damit er es in seine Werkstatt bekam und sorgfältiger kopieren konnte."

„Genau, als wir bei den Gschwandtners die Kopie gestohlen haben, war die endgültige Fälschung des Originals, das ich ohnehin schon vorher im Atelier von Krüll gesehen habe, längst fertig und künstlerisch so vollkommen, dass sie sogar ein Experte nicht als solche erkannt hätte. Es blieb nur leider keine Zeit mehr, die beiden Kopien gegeneinander auszutauschen, also kamen wir ins Spiel, bevor der Restaurator antanzte und alles aufgeflogen wäre."

Der Junge kicherte.

„Jetzt konnte er nur noch einen hellen Fleck auf der Tapete besichtigen."

Diese Vorstellung erheiterte Zenato bei jeder Erwähnung wieder und Bernauer gewann immer mehr den Eindruck, dass der hübsche Bursche generell den Kinderschuhen noch nicht wirklich entwachsen war. Wahrscheinlich galt das gleiche auch für seinen Freund.

„Wäre alles gelaufen wie vorgesehen, wäre die erste schlechtere Kopie unbemerkt gegen die bessere ausgewechselt worden und dem angeberischen Gschwandtner wäre es niemals aufgefallen."

„Es wäre Dr. Gschwandtner nicht aufgefallen, aber einem Fachmann?"

„Sicherlich nicht. Der Krüll ist wirkliche Spitze."

„Ist das Original dann im Auftrag Roman Gschwandtners verkauft worden?" fragte Bernauer.

„Ich denke ja, Herr Krüll hat nämlich immer vom Eigentümer gesprochen. Den alten Gschwandtner konnte er damit wohl nicht gemeint haben."

Jetzt war für Bernauer zumindest eines schlüssig: Roman stand mit Krüll in Geschäftsbeziehung. Krüll erzeugte die Fälschungen zuerst nach Fotos und dann die Endkopie nach dem Original. So waren diese Machenschaften nie aufgefallen. Das Bild war für den Betrachter immer vorhanden gewesen und nie saß jemand davor, um es zu kopieren. Krüll war am Gewinn beteiligt und gelegentlich, in kleinerem Maße, traf dies auch auf die beiden Studenten zu.

Wer aber immer auch das gestohlene Gemälde Bertram Gschwandtners gekauft hatte, dürfte auf rasche Lieferung gedrängt haben und die Gelegenheit war günstig. Krüll und Roman brauchten Geld.

Die Besitzverhältnisse zu Lebzeiten des Vaters und später nach seinem Tod waren ein Fall für sich, doch es würde kaum einer der Beteiligten an einem Skandal bei der Klärung der Geschehnisse und ihrer Verfolgung interessiert sein. Aber auch wenn die Angelegenheit wider erwarten doch noch amtlich werden sollte, Bernauer war dafür nicht zuständig.

„Die Sache ist klar", bestätigte er, „das Original ist offensichtlich bereits verkauft. Aber was geschah mit den beiden Fälschungen, besonders der zweiten, der besseren?"

Zenato schleuderte Bernauer höchst amüsiert seine beiden Zeigefinger entgegen.

„Das war ja der Witz, erst sind wir beim Stehlen einer Kopie, noch dazu einer schlechten, erwischt worden und dann wurden plötzlich beide nicht mehr gebraucht. Zumindest hat sich niemand mehr dafür interessiert."

„Aber?"

„Scheiße, Scheiße, Scheiße", quetschte der Junge hervor, „jetzt wollten Klaus und ich auch einmal richtig Kohle machen und die zweite Kopie war genau richtig für unsere Zwecke, authentisch wie das Original. Als Ada im Safe ihres Vaters auch noch die Expertise für das Bild fand, kamen Klaus und ich auf die Idee, dies wäre die Gelegenheit, endlich auch einmal kräftig mitzuschneiden. Was schadet es einem reichen Idioten, wer das Bild gemalt hat? Ihm gefällt es und das Geld dafür hat er ohnedies auch wieder nur ergaunert."

„Du meinst, wer das Original von Raimund Gschwandtner ohne die passende Expertise gekauft hat, wusste, dass es sich um einen bedenklichen Ankauf handelte und kann es daher nicht gefahrlos der Öffentlichkeit präsentieren. Das Risiko für Euch, wenn Ihr nun die hervorragende Kopie des Gemäldes verkaufen wolltet, war also minimal."

Der Junge nickte heftig.

„Dann habt Ihr die bessere Fälschung mit der Originalexpertise versehen, heimlich das Geschäftspapier bei

Herrn Krüll mitgehen lassen und das Ganze an das Auktionshaus in London geschickt."

Bernauer zollte den beiden naiven Lausbuben heimlich sogar Respekt für diese Leistung, aber leider hatten sie die möglichen und schwerwiegenden Konsequenzen entweder nicht gekannt oder nur nicht berücksichtigt.

„Und der Verkaufspreis aus der Auktion wurde auf ein Schweizer Konto überwiesen, nicht wahr?"

Ludwig Zenato war nun völlig verwirrt.

„Woher wissen Sie das so genau?"

„Siehst Du, mein Junge", lächelte Bernauer, „ich wusste es bereits, als Du mir Deinen Namen gesagt hast. Tage zuvor hatte ich eine Unterhaltung mit Krüll und als ich später bei Ferber in der Galerie auftauchte, wusste Krüll sofort, dass die Sache schief gegangen war, oder zumindest knapp davorstand. Natürlich hatte er sofort Dich und Klaus in Verdacht seine Kopie verkauft zu haben: Dass Ihr die dem Original fehlende Expertise dazu hattet, wusste er natürlich nicht. Aber nun war es höchste Zeit für ihn, sich Gewissheit zu verschaffen und er traf sich mit Dir unverfänglich im Dark Eagle, denn zusammen durfte man euch jetzt nirgendwo mehr sehen. Dass ich ebenfalls da sein würde, konnte er nicht ahnen."

„Ich habe Sie auch noch nie im Dark gesehen", bestätigte Zenato, „und ich kenne eigentlich jeden."

„Dann war es aber auch hoch an der Zeit", sagte Bernauer, konnte dabei aber nur schwerlich ernst bleiben.

„Also zurück zur Sache. Wie Du schon befürchtet hattest, war Krüll stinkwütend und hat Dich direkt auf den Kopf zu beschuldigt. Denn eines war unvermeidbar, Ihr würdet auffliegen und er mit Euch.

Dass Du in der Bar zielgerecht auf mich zugesteuert bist, hat Dich allerdings später vor einer intensiven Beschattung bewahrt."

„Durch den anderen Polizisten?" fragte Zenato, noch nachträglich erschrocken, „der Alte sollte mich überwachen und ausquetschen?" Er schauderte.

„Nein, niemand sollte Dich ausquetschen, wir hätten Dich lediglich identifiziert und Deinen Umgang überwacht, wir sind die Mordkommission und keine Folterknechte."

„Aber mein Name", fragte Zenato, „wieso hat er mich verraten?"

„Das Geld, das der Käufer des gefälschten Bildes jetzt wieder zurückhaben will, wurde auf ein Schweizer Konto überwiesen, bei einer Bank im Tessin. Ich bin aber völlig sicher, dass es sich von dort bereits in alle Winde zerstreut hat und die Bank wird unter den gegebenen Umständen auch kaum zu einer Zusammenarbeit bereit sein.

Nun also meine Überlegung. Gehe ich falsch in der Annahme, dass sich ein Zweig Deiner Familie in der Schweiz befindet, in der italienischen nämlich?"

Der Junge gab keine Antwort, aber Bernauer wusste in Gesichtern zu lesen.

„Siehst Du", sagte er, „da ist der Zusammenhang zwischen Deinem Namen und dem verschwundenen

Geld. Der weitere Verlauf der Sache interessiert mich ohnehin nicht. Aber woher kennst denn Du Adelaide, schließlich warst Du nicht dabei, als sie Klaus beim Diebstahl überrascht hat?"

„Klaus wollte sich bei Ada revanchieren und kam auf die Idee, ein Portrait von ihr zu malen. Sie sollte es als Geschenk von ihm bekommen. Dass wir dann übereinkamen, bei ihr Bridge zu lernen, war vermutlich von beiden längst heimlich ausgemacht.

„Die beiden hatten also nach dem Diebstahl noch weiteren engeren Kontakt?" fragte Bernauer belustigt.

„Davon bin ich überzeugt, aber sie täuschten immer vor, sie hätten sich zufällig beim Kunstmarkt am Domplatz kennengelernt."

„Und Ihr spielt jetzt zusammen Bridge, wo?"

„Bei Ada in der Villa, zweimal die Woche und Josefine ist die dritte Anfängerin. Dass Adas Bruder Roman mithilft, erleichtert das ganze natürlich wesentlich."

„Josefine, die Haushälterin?"

„Haushälterin? Ich habe sie eher für eine Freundin der Familie gehalten."

„Weiß Roman, dass Ihr die Helfershelfer von Krüll gewesen seid?"

„Inzwischen, ja."

Adelaide bestätigte Bernauer ohne Skrupel, was er bereits von Zenato wusste.

„Ich war am Tag des Diebstahls gerade dabei, Kaffee zu trinken", sagte sie, „aber als ich zufällig den riesigen schwarzen Wagen auch noch einige Zeit später in der Einfahrt stehen sah, bin ich neugierig geworden. Er wirkte nämlich etwas bedrohlich auf mich. Da außer mir niemand im Haus war, habe ich den kleinen Perlmutt-Revolver, der Mutter gehört hat, genommen, bin mit dem Lift ins Erdgeschoß gefahren. Da war Klaus eben dabei, mit dem Bild zu verschwinden. Hat wohl etwas länger gedauert für ihn, es hing ja auch an einem Sicherheitshaken.

Natürlich habe ich sofort gewusst: Roman steckt hinter dieser Gaunerei. Klaus wusste es zwar nicht ganz sicher, aber alles sprach dafür, die Hausschlüssel und dass die ganze Familie abwesend sein sollte, nur dass mein Zahnarzt den Termin abgesagt hatte, war niemandem bekannt. Ich war also höchlichst amüsiert über diesen Coup und wozu, dachte ich, sollte ich jetzt Rabatz machen? Klaus gefiel mit ausnehmend gut und außerdem hat er mir auch sofort reinen Wein eingeschenkt."

Sie überlegte und grinste: „Na ja, der Revolver im Anschlag hatte natürlich schon einen gewissen Nachdruck, aber Vorsicht heißt ja noch nicht, böswillig zu sein. Ich habe ihm jedenfalls seine Geschichte geglaubt, denn es war für mich sofort erkennbar, woher der Wind kam. Mein lieber Bruder Roman, immer bei der Geldbeschaffung, immer am Werk und immer erfolgreich dabei, die anderen für sich zu beschäftigen. Klaus und ich haben unsere Telefonnummern getauscht und uns bei der kleinen Scharade blendend amüsiert."

„Wieso hast Du dann den Hinweis auf den schwarzen SUV getätigt, der vor Eurem Haus geparkt war? Man hätte ihn leicht zu seinem Besitzer zurückverfolgen können."

Adelaides Augen verengten sich verachtungsvoll.

„Wer würde denn schon glauben, dass jemand so dumm sein könnte, bei einem kriminellen Vorhaben direkt mit diesem Riesenvehikel vorzufahren. Ich konnte es, als ich später davon erfahren habe, ja selbst nicht glauben und bis dahin hielt ich meinen Hinweis für eine glänzende Ablenkung. Wem immer es auch gehören mochte, es würde ein vollkommen sinnloses Indiz abgeben und weitere Verwirrung in die Sache bringen."

„Und Du hast nie mit dem Gedanken gespielt, Deinen Vater zu informieren?"

„Keine Sekunde, was für ein Schock für den alten Herrn, wo er von Robert ohnedies nicht gerade begeistert war."

„Und wie begeistert war Robert, als Du ihm Deine Beobachtung mitgeteilt hast?"

„Da kann man geteilter Meinung sein", sagte sie bedächtig, „ich würde meinen, er war froh, nicht mehr beim Reitstallprojekt mitmachen zu müssen, er hat mir seinen Teil von Mutters Grundstück überlassen."

„Ada", fragte Bernauer, „hast Du ihn erpresst?

Adelaide lächelte gesittet: „ Erpresst? Oh nein, wir ergänzen uns nur großartig."

„Und was gibt es sonst noch?"

Sie nahm Haltung an:

„Nichts, mein General", grinste sie.

„Herrgott, noch Mal, Bernauer." Hofrat Sassmann blieben vor Empörung die Worte im Hals stecken.

„Der Herrgott ist leider taub", sagte Bernauer ruhig, „zumindest, was die Aufklärung unserer Fälle anbelangt, aber wenigstens ist uns in der Zwischenzeit kein weiteres Familienmitglied mehr abhanden gekommen."

„Nur nicht durch unseren Einsatz", beharrte Sassmann, „das gesunde Blut hält den Rest der Familie zusammen."

„Oh nein, Hofrat, den hält nur mehr das Gleichgewicht des Schreckens zusammen, die vorsichtigste Balance, die es geben kann."

„Sie sind ein Zyniker", konstatierte Sassmann und schränkte dann die Behauptung ein, „aber mit scharfem Verstand."

Nach kurzer Pause kam allerdings der feindselige Nachsatz: „Man könnte sich fast daran schneiden."

Obwohl Bernauer auch weiterhin keine wie immer geartete Bereitschaft zeigte sich von ihm provozieren zu lassen, gab Sassmann nicht auf.

„Es ist einfach phantastisch", dozierte er, „Sie klären Diebstähle und Betrügereien auf, beschäftigen die Wissenschaft mit juridischen Problemen bezüglich möglicher Eigentumsverhältnisse vor und nach Todesfällen, enttarnen private Liebesangelegenheiten und spüren unergründliche Geldflüsse auf. Absolut wertvoll für alle übrigen Dezernate, keine Frage, aber vergessen Sie nicht, wir haben Morde aufzuklären. Man könnte es auch so ausdrücken: während Sie quer durch das Strafrecht jagen, explodiert der Modergeruch in unseren Leichen."

„Keine Sorge, Hofrat", beruhigte ihn Bernauer, „wenn ich dieses anmutige Spiel der Täuschungen auffliegen lasse, sind auch die Todesfälle geklärt. Das Schlachten ist schon vorbei, jetzt wollen sie sich nur noch gegenseitig fressen."

Hofrat Sassmann atmete konsterniert durch.

„Bernauer, Sie sind der geborene Optimist."

„Wieso?", fragte Bernauer misstrauisch.

„Sie hoffen immer unbeirrbar auf das Schlimmste."

In sein Büro zurückgekehrt fand Joschi Bernauer die Notiz vor, Pater Paulus erwarte seinen Rückruf.

Bernauer atmete Morgenluft, hatte Paulus womöglich einen weiteren Hinweis gefunden?

„Joschi, alter Geheimniskrämer", kam es süffisant aus dem Hörer, „geht es bei der Aussage der Rosner um den Mord am alten Hirschler?"

„Ja, darum geht es. Warum fragst Du?"

„Weil ich es eben wissen will."

„Wozu denn, der Verblichene braucht keinen geistlichen Beistand mehr?"

„Kein Problem", feixte Paulus, „wir finden ihn dann oben oder unten wieder, nur dumm gelaufen für Dich, Dir ist er abgehauen, und zwar endgültig."

„Na gut", sagte Bernauer, „diese Runde geht an Dich, aber was wolltest Du mir denn nun mitteilen?"

„Ihr habt es zwar nicht verdient", dozierte der Pater, „aber ich habe mich trotzdem ein wenig umgehört. Eine riesige Anlage wie die unsere erfordert ja leider Sanierungsarbeiten so ziemlich rund um die Uhr, nicht zu vergessen unsere Kunstschätze. Interessiert Dich Tratsch und Klatsch?"

„Könnte sein", sagte Bernauer, „erhelle mich."

„Also pass auf, Sherlock Holmes: In Fachkreisen galt Hirschler als absolute Koryphäe seines Metiers, war mit den Kastellanen verschiedener historischer Bauwerke befreundet und mit den Handwerkern einschlägiger Sparten sowieso.

Na ja, was soll ich sagen, die Saga macht auch vor unseren Mauern nicht Halt.

Das wichtigste Detail in einer Masse von Nebensächlichkeiten scheint mir aber zu sein, dass Edmund Hirschler nicht nur Asthmatiker, sondern auch schwer geschädigt an Lunge und Bronchien war.

In den USA gibt es eine neue, anscheinend effektive Behandlungsmethode auf dem Gebiet der Krebsforschung, die Hirschler das Leben gerettet oder zumindest verlängert hätte. Die Kosten dafür sind allerdings exorbitant und eine Mindestanwesenheit des Patienten von fünf Monaten wäre ebenfalls erforderlich gewesen.

Natürlich wurde nun unter der Decke getuschelt, dass da krumme Dinge am Laufen wären, die die notwendigen Behandlungskosten und alles weitere decken sollten. Vielleicht hilft Dir das irgendwie weiter, der Mann hatte doch weiß Gott einige Möglichkeiten."

„Weiß man vielleicht auch schon Konkretes über den Zeitpunkt der Behandlung?"

„Der dürfte noch nicht festgestanden haben, obwohl die Fama schon einige Zeit am Kochen war und das Ganze doch ziemlich dringend gewesen sein soll. Da geht es nicht um Bagatellen, es soll sogar ein Tintoretto im Spiel gewesen sein. Na, was sagst Du?"

„Hochinteressant Padre, was ist mit dem Tintoretto?"

„Ein verrückter Sammler beschäftigt einen Detektiv, der jetzt bei unseren erstklassigen Fachkräften aus dieser Branche herumschnüffelt. Der Kerl soll herausfinden, ob möglicherweise schon früher jemandem das Gemälde angeboten wurde. Angeblich gibt es in der Angelegenheit böses Blut."

„Von wem hat denn der Mann das Gemälde gekauft?" War es vielleicht sogar der von di Angelo erwähnte Sammler?

„Es wird lediglich gemunkelt, dass der Hamburger Galerist, der das Geschäft vermittelt hat, gelegentlich Golf mit Roman Gschwandtner spielt."

„Perfekt Watson", sagte Bernauer zufrieden, „damit lässt sich schon etwas anfangen."

„Logisch, ich biete doch der bedürftigen Menschheit unendlich mehr als das reine Vergnügen, mit mir am Bridgetisch zu sitzen."

„Ein absolutes Vergnügen, zweifellos" lachte Bernauer, „außer es überkommt Dich der unheilige Zorn. Wie wäre es eigentlich mit dem nächsten Salzburger Turnier, ich würde mich überaus freuen und Markovsky sowieso?"

„Ha! Und ich halte inzwischen Augen und Ohren für Euch offen, stimmt's?"

„Genau, Du verstehst es so wunderbar, den Kurs zwischen Optimismus und Realität zu fahren, wenn dann über den Tintoretto noch irgendwo getratscht würde..."

„Verstehe", unterbrach ihn Pater Paulus im Ton unendlicher Resignation, „nutzt mich nur aus, nutzt mich nur alle kräftig aus."

Hofrat Sassmann war überaus verwundert, als ihm Bernauer so kurz nach ihrer vorherigen Besprechung wieder angekündigt wurde.

„Haben Sie eine Überraschung parat?" fragte er neugierig.

„Könnte man sagen. Ich habe eben mit einem Freund eine interessante Unterhaltung geführt.

Tatsache ist nun, dass Restaurator Hirschler nicht nur an Asthma litt, sondern auch lebensbedrohlich an Lunge und Bronchien erkrankt war. Im kleineren Kreis ist es aber seit einiger Zeit bekannt, dass man in den USA eine neue Behandlungsmöglichkeit kennt, die Hirschler heilen oder zumindest Linderung hätte verschaffen können. Es ist dazu allerdings ein fünfmonatiger Aufenthalt erforderlich und natürlich überstiegen diese Kosten weitgehend seine Mittel.

Irgendwie muss er aber versucht haben, sich das Geld zu beschaffen und man munkelte bereits, dies wäre nur über krumme Geschäfte im Kunsthandel möglich gewesen. Von der Vermutung zum Verdacht ist der Weg allerdings sehr kurz."

„Dies würde dann für unsere Sache bedeuten", fiel Hofrat Sassmann ein, „dass dieser Verkauf von Gemälden oder deren Fälschung einen zielorientierten Sinn gehabt hätte und Krüll in erster Linie Geld für seinen Lebensgefährten aufzutreiben versucht hat. Nur deshalb war er wahrscheinlich auch bereit, mit Roman Geschäfte zu machen."

Bernauer nickte.

„Das Verbindungsglied zu den Bildern Gschwandtners musste einfach Roman gewesen sein und Krüll hat die Reproduktionen der Gemälde hergestellt, Hirschler war dafür erwiesenermaßen zu krank. Aber wer hat den Verkauf getätigt?"

Hofrat Sassmann wollte es nicht fassen.

„Dazu braucht man Insider-Verbindungen, aber wie konnte es denn überhaupt schon zu einem diesbezüglichen Gespräch zwischen Roman und Hirschler oder Krüll gekommen sein? Jemandem ein derartiges Arrangement vorzuschlagen setzt doch ein bereits vorhandenes Vertrauensverhältnis voraus, welches hier aber nicht bestanden haben konnte, da man sich ja kaum bis überhaupt nicht kannte", überlegte Sassmann.

„Auch den Galeriebesitzer Ferber möchte ich als Mitwisser ausschließen", sagte Bernauer, „für ihn steht zu viel auf dem Spiel, das kann der Verkauf von einigen gestohlenen Gemälden doch niemals aufwiegen, sogar wenn ein Tintoretto im Spiel sein sollte. Der einzige, von dem man weiß, dass er das Geld unbedingt brauchte, war Hirschler."

Nach einiger Überlegung folgerte Bernauer: „So betrachtet spricht eigentlich alles dagegen, dass Roman dem Restaurator nach dem Leben getrachtet hätte, denn dieser war schließlich der Garant für die Mitwirkung Krülls an einem weiteren Verkauf der Bilder. Warum sollte Roman selbst seine sichere Einnahmequelle beseitigt haben? Wodurch dann allerdings wieder Albert Gschwandtner ins Spiel rückt.

Er war es wieder, der sich unwiderleglich knapp vor dem Tod Hirschlers am Porsche der Donnersmark hinter dem SUV Hirschlers zu schaffen gemacht hat. Vielleicht deckt die Donnersmark Albert auch nur und die Sache mit der Stola war eine gezielte Ausrede für seine Anwesenheit neben dem Wagen. Vielleicht hatte er da bereits auf den Restaurator gewartet und wurde nur durch die Rosner gestört. Vielleicht hat er auch sein geplantes Werk erst später vollendet."

„Aber welches Motiv hätte er gehabt?"

„Albert war verletzt und geschockt, als sein Vater knapp zuvor die Schenkung von Grundstück und Sammlung an die Stadtgemeinde Ischl bekanntgab und es ist für mich ganz sicher, dass er dies noch zu verhindern hoffte.

Im Gedanken an den Diebstahl des Gemäldes in der Salzburger Villa musste für ihn die Anwesenheit des Restaurators in Ischl doch ziemlich beunruhigend gewesen sein. Was sollte der Mann eigentlich dort, gab es einen Verdacht? Wieso sollte Albert dann nicht neugierig geworden sein, als Hirschler einige Nachrichten auf sein Handy gesprochen hatte und sich dann entfernte, um möglicherweise zu telefonieren? Vielleicht ging es Hirschler ja sogar um gefälschte Bilder, die er in der Villa in Ischl entdeckt haben konnte. Selbst wenn Albert in keiner Weise an einer Fälschung beteiligt gewesen wäre, hätte alleine die Tatsache, dass hier irgendetwas faul war und sein Vater es möglicherweise erfuhr dafür ausgereicht, dass dieser keinem Gespräch mehr zugänglich gewesen wäre, ganz im Gegenteil, die Sammlung würde sofort und ohne Wenn und Aber verloren gewesen sein und womöglich traf der Vater dann noch verschiedene andere Verfügungen und vermachte der Stiftung beispielsweise auch noch größere Geldbeträge.

Nicht vergessen sollte man auch, dass es Albert gewesen ist, der knapp nach seines Vaters Tod die Gemälde begutachten ließ und sich mit dem Galeriebesitzer Ferber vor einiger Zeit nach den Verkaufsmöglichkeit von Bildersammlungen unterhalten hat."

Hofrat Sassmann versuchte, das ganze zu verstehen.

„Das natürlich schon, aber da nach dem Tod des Restaurators die Gefahr, dass er Bertram Gschwandtner aufklären könnte, weggefallen war, weshalb sollte Albert dann auch noch seinen eigenen Vater töten?"

„Die letzte Szene, in der Bertram Gschwandtner den unglücklichen Albert mit Adelaide vom Fest weg nach Salzburg zurückschickte, soll wieder ziemlich beleidigend für ihn gewesen sein. Das könnte natürlich auch das Fass zum Überlaufen gebracht haben."

„Bernauer", sagte Hofrat Sassmann, „auch wenn ich den Gschwandtners ein wenig helfen möchte, aber so kommen wir nicht weiter, tun Sie, was Sie für richtig halten."

Anton Krüll hatte eine weitere Vorladung vermutlich bereits erwartet. Ruhig saß er vor Bernauer, ließ mit unbeteiligter Miene die Befragung zur Person über sich ergehen und nahm dankend das angebotene Glas Wasser in Empfang. Er tat einen tiefen Schluck.
„Können wir beginnen?" fragte er bereitwillig.
Bernauer betätigte das Aufnahmegerät.
„Sie wissen", klärte er ihn auf, „ich stelle bei dieser Einvernahme die Fragen nur im Rahmen einer Mordermittlung, andere Konsequenzen brauchen Sie durch mich nicht zu fürchten. Wenn Sie also im Laufe des Verfahrens nicht selbst in Schwierigkeiten geraten wollen, sagen Sie mir jetzt ungeschönt die Wahrheit. Die Version Ludwig Zenatos kenne ich schon."
Krüll nickte erstaunt, stellte aber diesbezüglich keine Frage.
„Ich nehme an", begann er dann, „es wird Ihnen auch noch anderes zu Ohren gekommen sein, also machen wir es kurz."
Er richtete den Blick starr auf seine Hände, gerade so, als fürchtete er, sein im Entstehen begriffener Gedanke könnte sich ebenso unvermittelt wieder verflüchtigen.

„Nun ja", sagte er dann gefasst, „Edmund war sehr krank. Wenn ihn auch anfangs sein Asthma schwer beeinträchtigte, so waren es Lunge und Bronchien, die seine wahre Crux darstellten. Eine vielversprechende Behandlung in den USA erforderte aber nicht nur einen fünfmonatigen Aufenthalt in Amerika, sondern war auch sonst mit unleistbaren Kosten verbunden."

Sein Blick verharrte nun auf dem düsteren Gebäude gegenüber, das mit seinen aufgemalten Perspektiven und erstarrten Gesten der Statuen vermutlich Krülls eigenen Gemütszustand treffend wiedergab.

„Kein guter Ort, um sich in fremde Hände zu begeben", dachte Bernauer und wartete geduldig, bis sein Gegenüber wieder zu sprechen begann.

„Eines Tages ergab es sich aber, dass ein Sammler aus Hamburg, der in näherer Geschäftsverbindung mit unserer Galerie steht, und den ich auch aus meinen wilden Jahren her kenne, von Herrn Ferber zur Aufführung von „Jedermann" eingeladen worden war. Der Mann spielt Golf, also suchten die beiden am nächsten Tag auch den Club auf, in dem Roman Gschwandtner als Trainer beschäftigt ist. Bei einer gemütlichen Abendrunde kamen besagter Kunde und Roman miteinander ins Gespräch, wobei das Thema der Finanzierung eines neuen exklusiveren Golf-Clubs zur Sprache kam. Roman erzählte unter anderem von dem ungenutzten Kapital, das unerreichbar für ihn an den Wänden der Villen seines Vaters hing und natürlich war auch bereits Alkohol im Spiel. Im Spaß wurde dann ein Plan konstruiert, wie man die Bilder kopieren und verkaufen könnte. Am nächsten Tag traf sich dann ziemlich überraschend Mechthild Gschwandtner mit dem Hamburger Galeristen, den Grund dafür kenne ich nicht, aber bereits am Nachmittag kam Roman Gschwandtner auf den lukrativen Plan vom Vortag zurück und man machte sich jetzt ernstlich daran, die Idee in die Tat umzusetzen. Da man Edmunds und meine Situation kannte, wurde mir der Vorschlag unterbreitet, zu dritt das Geschäft aufzuziehen. Roman beschaffte die Gemälde, aber dazu musste erst sein Vater getäuscht werden. Das ganze ging also folgendermaßen vor sich: Ich kopierte das Gemälde interimsmäßig nach Fotografien für einen ersten Austausch gegen das Original, so fiel das Verschwinden des Gemäldes nicht auf. Das Bild kam in mein Atelier und ich erschuf eine Fälschung, die für die Ewigkeit geschaffen war. Diese hochwertige Kopie sollte dann Roman endgültig an die Stelle des Originals setzen. In der Sammlung Gschwandtners und am richtigen Platz hätte kein Fachmann je die Fälschung erkannt. Die echten Gemälde sollten über die Hamburger Galerie in Sammlerkreise verkauft werden, vornehmlich aber in den Osten.

Nun, ich brauchte das Geld, sehr dringend sogar, denn sollte die Behandlung bei Edmund noch greifen, musste umgehend damit begonnen werden. Ich erklärte mich also einverstanden, aber nur unter der Bedingung, dass Edmund da völlig herausgehalten wurde und den Rest wissen Sie ja bereits."

„Ihr Lebensgefährte erstellte also nicht die entsprechenden Expertisen?"

„Wieso denn? Ich sagte doch, er durfte nichts von diesen Geschäften wissen. Außerdem gab es doch die passenden Papiere zu diesen Gemälden. Sie wurden lediglich abgelichtet für die Gemäldekopien im Hause Gschwandtners, aber dies war dann wieder Romans Aufgabe. Wie Sie sehen, wurde keiner der Käufer betrogen, denn Roman Gschwandtner galt rein rechtlich als Vertrauensperson seines Vaters, daran ist nicht zu rütteln."

Krüll schüttelte energisch den Kopf.

„Nein, Edmund hatte keinerlei Ahnung von diesen Geschäften, er hätte auch niemals zugelassen, dass ich mich seinetwegen in Schwierigkeiten gebracht hätte."

Bernauer verstand. Edmund Hirschler hatte lediglich die Restaurierungsarbeiten an Krüll abgegeben, von der Fälschung der Bilder wusste er nichts und auch nichts von deren Verkauf.

Jetzt fügte sich eines zum anderen. Die schlechtere Fälschung des Gemäldes aus dem Arbeitszimmer Bertram Gschwandtners in Salzburg musste natürlich gestohlen werden, bevor Hirschler so überraschend bestellt worden war und sie erkannt hätte. Als er allerdings später in Bad Ischl die Sammlung Gschwandtners besichtigte, hatte dort irgendetwas seinen Verdacht erregt. Daher rief er noch in der Nacht seinen Lebensgefährten an und fragte nach einem eventuellen Ankauf eines Gemäldes aus Bertram Gschwandtners Sammlung.

„Ihr Lebensgefährte hat also eine oder mehrere Fälschungen entdeckt und Ihnen eine erste Nachricht per SMS geschickt, die Sie aber nicht beantworteten."
„Natürlich nicht, denn mir war schlagartig die Bedeutung dieser SMS klar. Jetzt saß ich in der Klemme. Was sollte ich ihm antworten?"
„Daraufhin hat er Sie angerufen und das Gespräch dauerte nicht zwei sondern geschlagene acht Minuten."
„Ja, so ungefähr. Ihm war nämlich in Ischl ein Bild aufgefallen, von dem er glaubte, es im Katalog eines Auktionshauses gesehen zu haben. Eines der beiden musste also eine Fälschung sein."
Krüll nickte nochmals bestätigend.
„Als ich mich natürlich unwissend gestellt habe, wollte er sofort Bertram Gschwandtner brühwarm seine Entdeckung mitteilen. Was sollte ich tun? Das Unheil würde seinen Lauf nehmen und es gab jetzt nur noch die Möglichkeit, alles zu bestreiten, aber auch das musste vorher mit den anderen abgesprochen werden. Ich habe Edmund daher zur Besonnenheit geraten und er solle nur nichts überstürzen. Aber anscheinend wollte er nichts mehr davon hören und beendete kommentarlos das Gespräch."
„Vermutlich, weil er angegriffen wurde. Aber Sie sind dann ziemlich froh darüber gewesen, Ihrem Lebensgefährten in dieser Nacht nicht mehr begegnen zu müssen?"
„Das können Sie sich doch vorstellen, ich brauchte auf jeden Fall Zeit, die Dinge mit den anderen zu regeln."

„Ich bin wahrhaftig ein prächtiger Ermittler in Sachverhalten, die nicht mein Ding sind", dachte Bernauer und begann rhythmisch mit dem Finger gegen den Kaffeebecher zu stupsen, den er eben aus dem Automaten am Gang des Präsidiums gezogen hatte.

„Sie scheinen gereizt zu sein", sagte die Sekretärin Sassmanns, die neben ihn getreten war, um ebenfalls eine Münze einzuwerfen.

„Ich übe Selbstkritik", grinste er.

Sie lachte: „Geduld bringt Rosen."

„Und mit der Zeit bekackte Hosen", beendete er den im Präsidium gängigen Spruch.

„Aber vielleicht sollte ich mich einfach auf Yoga verlegen."

Die Sekretärin warf ihm einen ungläubigen Blick zu: „Na, schön" meinte sie, „vielleicht interessiert es Sie, dass der Hofrat befürchtet, Albert Gschwandtner hätte zumindest den Restaurator auf dem Gewissen. Aber bitte, dies gilt nur entre nous."

„Selbstredend, hat er Ihnen das selbst erzählt?"

„Nein, er hat mit Mathilde Donnersmark telefoniert. Wenn ich das Ganze richtig verstanden habe, hat sie ihn gebeten, ihr zu helfen. Ich glaube nämlich, sie soll erpresst werden und das muss wiederum mit Albert Gschwandtner zu tun haben."

„Erpresst, von wem?"

„Keine Ahnung, ich habe ja nur Satzfragmente gehört, aber vielleicht weiht Sie der Hofrat ohnehin noch ein."

„Wann war dieses Gespräch?"

„Gestern, so gegen Mittag."

Die Situation war eindeutig, Hofrat Sassmann dachte nicht daran ihn einzuweihen, sonst hätte er es inzwischen bereits getan und Mathilde Donnersmark wusste offensichtlich Details, die sie ihm verschwiegen hatte.
Na schön. Dann war es jetzt Zeit, die Taktik zu ändern.
Da die Sekretärin außer Obligo bleiben musste, konnte er Sassmann nicht direkt auf die Sache hin ansprechen, also wies er zwei uniformierte Beamte an, umgehend Albert Gschwandtner zur Einvernahme in das Präsidium zu bringen.
Albert war aber kaum eingetroffen, als auch schon Hofrat Sassmann Bernauer zu sprechen wünschte.

„Was soll das bedeuten, Bernauer", fragte er, „Sie lassen Albert Gschwandtner durch uniformierte Kollegen aus seinem Büro holen, was haben Sie sich da dabei gedacht?"
„Dass es hoch an der Zeit ist, endlich zur Sache zu kommen, wie Sie es selbst bereits festgestellt haben. Sollen wir noch weiter zusehen, wie Menschen in Gefahr geraten, weil wir anhaltend die dringend Verdächtigen mit Samthandschuhen anfassen? Und da rangiert Albert jetzt absolut voorneweg. Und darf ich fragen woher Sie wissen, dass ich Albert zur Einvernahme kommen ließ?"
„Ich weiß es, reicht das nicht?"
„Unter diesen Umständen kann es nicht reichen, Hofrat Sassmann, denn Albert hat nicht Sie, sondern jemand

anderen verständigt. Wäre dieser andere ein Anwalt oder möglicherweise Mathilde Donnersmark und ich hätte als leitender Ermittler keine Kenntnis davon, könnte es nach Begünstigung aussehen."

Das war ziemlich scharf gewesen. Wie würde nun sein Chef auf diesen Akt der absoluten Insubordination reagieren? Sassmann betrachtete die Welt logischerweise aus seiner eigenen Loge und dort war nun einmal der Sitz der besseren Gesellschaft, aber auch wenn er dadurch in einen Loyalitätskonflikt geriet, hier hatte die Wahrheit den Vorrang.

Sassmann, der sich geradezu erschüttert hinter seinem Schreibtisch verschanzt hatte, war nun aufgestanden, schien zu überlegen und als er sich endlich äußerte, hatte seine Stimme einen unüberhörbaren Touch von Sarkasmus.

„Offenbar war diese Belehrung unumgänglich, und bevor ich in den zweifelhaften Ruf gerate, St. Dismas persönlich zu sein, fragen Sie mich eben, in Gottes Namen. Wird ja ohnedies alles in Kürze zur Sprache kommen müssen."

„Wer, bitte, ist denn St. Dismas?" fragte Bernauer irritiert.

„Der Schutzheilige der Mörder und Diebe. Das sollten Sie sich schon aus beruflichen Gründen merken."

Dass dieser Dismas derzeit auf seinen Ermittlungen saß, schien Bernauer absolut glaubhaft, wenn auch nicht gerade in der Person Hofrat Sassmanns.

„Ich werde ihn in meine Liste der Saints aufnehmen", sagte er.

Sassmann wies auf einen Stuhl neben seinem Schreibtisch.

„Ist Albert Gschwandtner in Ihrem Büro?" fragte er.

„Er ist gekommen, als Sie mich eben zu sich bestellten."

„Dann ist er ja gut aufgehoben", meinte der Hofrat, „ich werde Sie auch nicht ewig aufhalten."

Wieder ein Sinneswandel, den Bernauer staunend zur Kenntnis nahm.

„Die Sache ist die", begann Sassmann zögernd, „gestern bat mich Mathilde Donnersmark in einer äußerst heiklen Sache um Rat."

Vermutlich suchte er jetzt eine passende Formulierung für das Ungeheuerliche.

„Also, es ist so. Jemand versucht, sie zu erpressen."

„Sie erpressen, womit denn?" fragte Bernauer ungläubig.

„Albert soll an dem Abend in Bad Ischl nach dem Klavierkonzert ein zweites Mal hinaus zur Straße gegangen sein. Es müsste so um die Zeit gewesen sein, als der Hirschler neben seinem Wagen telefonierte."

„Und was verlangt der Erpresser? Ist es überhaupt ein Mann gewesen?"

„Nun ja", erklärte Sassmann, „die Stimme war nicht eindeutig zu identifizieren, vermutlich aber eher ein Mann. Mathilde vermutet jemanden aus dem Personal, nämlich deshalb, weil der Erpresser seine Chance offensichtlich erst erkannt hat, nachdem die Einzelheiten des Mordes öffentlich geworden sind. Vorher kannte er den Wert seiner Beobachtung nicht und jetzt will er plötzlich Geld. Anscheinend dürfte Mathildes Beziehung zu Albert wirklich allgemein bekannt sein."

„Sehen Sie, Bernauer" schloss er, „das macht vermutlich die Romantik des Landlebens aus, jeder späht dem anderen in die Unterwäsche."

„Merkwürdig, die Donnersmark ist nicht sehr zahlungskräftig", warf Bernauer ein, „das müsste in Ischl eigentlich bekannt sein."

„Aber Albert Gschwandtner ist es und der wesentlich bequemere Weg geht über Mathilde. Sie ließe Albert niemals das Risiko eingehen, nicht zu bezahlen, falls die Behauptung stimmen sollte."

„Und, war es so? Ist Albert noch ein zweites Mal nach draußen gegangen?"

„Das ist er", bestätigte Hofrat Sassmann, „aber aus einem ganz anderen Grund, trotzdem könnte die Sache für ihn bedrohlich werden. Und so hat sich Mathilde schweren Herzens entschlossen, auch den Rest der Sache offenzulegen und hat sich mir anvertraut."

Da es seinem Chef offensichtlich ziemlich schwer fiel, über sein Gespräch mit Mathilde zu reden und Bernauer die Skrupel seines Chefs nachfühlen konnte, wartete er einfach ab und schwieg.

„Albert und Mathilde", sagte Sassmann, „sahen Roman ins Haus gehen und Albert, der Roman vergeblich davon abzuhalten versucht hatte, sich weiterhin zu betrinken, wollte ihm unter vier Augen ins Gewissen reden, sodass ein weiterer Eklat verhindert werden konnte. Er folgte ihm also ins Haus, sah dann aber lediglich, dass Roman sein weißes Dinner-Jacket auf einen Stuhl geworfen hatte und vorsichtig dem Restaurator Hirschler hinterher schlich. Natürlich wollte Albert jetzt genau wissen, was hier vor sich ging. Roman war neben dem Gartentor stehen geblieben und der Restaurator, der ihn nicht bemerkt hatte, stand telefonierend neben seinen SUV. Während des Telefongesprächs suchte Hirschler im Kofferraum herum, fand aber augenscheinlich nicht das Gesuchte. Nur als die Frau, die Albert vorher an Mathildes Porsche gesehen hatte, zurückkam, ging Albert unbemerkt zurück ins Haus."

Dass also Albert, der annahm, des Rätsels Lösung zu kennen, vor der Gegenüberstellung mit Professor Rosner verächtlich gelächelt hatte, war natürlich nicht grundlos gewesen, da er sicher war, die Zeugin würde Roman bei der Gegenüberstellung sofort erkennen. Dass man die alte Lady unhöflich behandelt hatte und das fehlende weiße Jackett für sie überdies der sicherste Grund war, an Roberts Identität zu zweifeln, konnte er nicht ahnen.

Hofrat Sassmann sah grämlich auf Bernauer.

„Ein entsetzliches Wirrwarr", meinte er, „ein Affentheater, wenn es nicht so ernst wäre."

„Jedenfalls ist jetzt die Katze aus dem Sack", stellte Bernauer fest, „schlimm genug für den Erpresser. Es könnte natürlich auch einer der Gäste gewesen sein", schloss er lahm, vermied dabei sorgsam den Blickkontakt mit seinem Chef.

Als Bernauer an den Schreibtisch ging, vor dem bereits Albert Platz genommen hatte, entfernte sich zwar der anwesende uniformierte Beamte, aber die Atmosphäre schien ziemlich verkrampft. Erst als Albert die Angaben Mathilde Donnersmarks bestätigt hatte, begann er etwas lockerer zu werden, aber die Welle der Peinlichkeiten, die plötzlich über ihm zusammenschlug, hatte die sonst tadellose Haltung des Mannes erkennbar gezeichnet.

Auf Intervention von Hofrat Sassmann und unter Berücksichtigung der besonderen Umstände war auch Mathilde Donnersmark zur Zeugeneinvernahme in das Polizeipräsidium in Salzburg bestellt worden. Weitere bedeutsame Fakten konnten aber vorerst nicht zu tage gefördert werden.

Wie jedem Ärger auch immer wieder der nächste folgt, kündigte sich für Bernauer bereits ein weiteres Problem an, denn seine Mutter teilte ihm hocherfreut mit, dass das Programm zum fünfzigsten Hochzeitstag der Eltern jetzt endgültig feststünde. Leider hatte er im Trubel seiner dienstlichen Obliegenheiten auf dieses Ereignis vergessen und daher nur noch zwei Wochen Zeit, um die nötigen Vorbereitungen für die Hochzeit und die Reise auf den Semmering zu treffen.
„Mutter", sagte er, „wie gut, dass Du anrufst. Wann sollen wir denn nun tatsächlich eintreffen?"

„Ich weiß, dass Du viel zu tun hast", sagte sie, „aber sei bitte nicht hektisch. Wenn Ihr Freitag so vielleicht gegen sechzehn Uhr kommen könntet, gibt es Kaffee und Kuchen und später wird uns Papa zum Abendessen ins Panhans einladen. Samstag wird es dann allerdings turbulenter. Frühstück im Haus und dann die Messe in der Pfarrkirche.

Anschließend die Mittagstafel im Panhans und die Festreden halten der alte Herr Pfarrer und natürlich unser Bürgermeister.

Nach der Live-Musik bei Tisch spielt die Band zum allgemeinen Tanzvergnügen auf, welches dann mein wundervoller Sohn mit mir eröffnen wird.

„Mutter", warf Bernauer unschuldsvoll ein, „Du weißt, was Du Dir da vornimmst?"

„Das Leben muss voll gelebt werden", lachte sie, „hältst Du mich für alt?"

„Um Gottes Willen, nein", wehrte er ab. „Du wirst das meist betanzte Mädchen im Saal sein."

„Und ich werde sogar in der gleichen Festtracht erscheinen, wie sie Anna Plochl zur Hochzeit mit Erzherzog Johann getragen hat. Papa hat das gute Stück sogar extra für mich anfertigen lassen."

Bernauer ahnte Fürchterliches.

„Und Vater?" fragte er.

„Hat sich einen Trachtenanzug mit Gehrock schneidern lassen."

„Und die Kleiderordnung hast Du ausgegeben?" erkundigte er sich vorsichtig.

„Na hör mal", sagte sie, „wir sind schließlich eine noble Landgemeinde, da werden alle Feste in Tracht gefeiert, aber es steht zudem auch auf der Einladung, wie Du es vorgeschlagen hast. Es gehört sich einfach so und alles im allem sind es immerhin so um die hundertfünfzig geladene Gäste. Alles wird perfekt sein, ungefähr so wie Denver Clan am Semmering, und Iris wird eine bildschöne Landedelfrau abgeben."

Auch das noch, er selbst hatte also die Kleiderordnung vorgeschlagen, das Ganze dann nicht ernst genommen und wieder vergessen. Also, was jetzt? Weder er noch Iris hatten jemals Trachtenkleidung besessen, aber ließ sich so etwas dann noch in knappen zwei Wochen beschaffen?

„Mutter", versicherte er im Brustton der Überzeugung. „Du wirst staunen."

Auch Iris staunte, allerdings lediglich über seine ungeheuerliche Ignoranz in eigenen Dingen.

„Joschi", sagte sie streng, „das nenne ich jetzt den Vogel abschießen. Abgesehen davon, dass ich mich ab Freitag überraschend im Krankenhaus frei machen muss, wirft sich jetzt noch die wesentlich schwierigere Frage auf: Was trägt man bei einem derartigen Ereignis, um nicht unangenehm aufzufallen?"

„Einen schönen Trachtenblazer eventuell?" schlug er vorsichtig vor.

„Bist Du meschugge?" sagte sie ärgerlich, „wir werden uns vielleicht kräftig blamieren vor Deinen Eltern und all diesen fremden Leuten. Du bist immerhin auch noch der einzige Sohn."

Seinen Einwand „Ich dachte nur ...", schnitt sie ihm kurzweg ab.

„an Leichen und Diebsgesindel, ich weiß."

Bernauer schwieg.

„Wann kannst Du heute das Präsidium verlassen?" fragte Iris schnörkellos streng.

„So gegen fünf, das würde schon zu machen sein."

„Dann erwarte ich Dich eine Viertelstunde später am Haupteingang. Wir werden im Gwandhaus zu Abend essen und dann lassen wir uns im Dachgeschoß passend zum Anlass einkleiden."

„Eine gute Lösung wahrscheinlich", sagte er lahm.

„Nein, die einzige", berichtigte sie ihn und fügte boshaft hinzu: „Und noch etwas Joschi, steck die Kreditkarte in Platin ein. Gössl hat stolze Preise."

Als Bernauer die kleine hölzerne Brücke über den smaragdgrünen Hellbrunnerbach passiert hatte, stellte er mit Verblüffung fest, dass auch an einem Wochentag der ohnedies beachtliche Parkplatz vor dem Gwandhaus randvoll besetzt war.

„Ich steige vorsichtshalber aus", entschied Iris, „wir sollten uns nämlich beeilen. Am besten gehen wir schon vor dem Essen hinauf ins Geschäft."

Alleingelassen versuchte Bernauer nun diese erste Prüfung zu bestehen und hatte Glück. Eine gute Seele von Mitmensch winkte ihm zu, startete einen BMW und hielt Bernauer überdies den Platz frei gegen inzwischen angekommene Mitbewerber.

Diese freundliche Geste stimmte ihn so unglaublich heiter, dass er beschloss, Iris heute einen wirklich schönen Abend zu bereiten.

Er atmete tief durch und genoss den beeindruckenden Blick auf die neubarocke Fassade des ehemaligen Schlosses Lasserhof mit seinen sorgfältig gestutzten Thujenhecken und den Buchskugeln in Riesentöpfen zu beiden Seiten des Portals.

Wie zu erwarten war, lotste ihn Iris augenblicklich hinauf in das Dachgeschoß, in dem hochpreisige Gewänder in unüberschaubaren Verkaufsräumen auf potente Käufer lauerten.

Leider hatte Bernauer keine Übung darin, einen Anzug von der Stange zu kaufen, denn er selbst ließ ausschließlich bei Greul in Bad Aussee arbeiten. Hier handelte es sich allerdings um einen Notfall und der musste wohl oder übel mit gebührender Härte durchgestanden werden.

Hatte er allerdings blauäugig erwartet, einen Anzug zur Anprobe aussuchen zu können oder das ganze möglicherweise auch noch zu wiederholen, sah er sich schwer getäuscht.

Iris hatte es leider fertiggebracht, zwei Verkäuferinnen zu ordern, die Unmengen von Anzügen, Gehröcken, Trachtenhemden samt Seidenkrawatten anschleppten, in die er dann gnadenlos zu schlüpfen hatte und jedes Mal fanden die Expertinnen, das er großartig darin aussähe.

„Sie können wirklich alles tragen", sagte die jüngere der beiden.

„Ein Großteil der Herren hat nämlich eher eine hohe Brust", erklärte die andere, „das schränkt die Auswahl der Modelle natürlich schon beträchtlich ein", woraus Bernauer dann den Schluss zog, dass eine hohe Brust die elegante Umschreibung für einen überproportionalen Bauch wäre.

Zwei Anzüge kamen dann in die engere Wahl, doch jetzt hatte Iris begonnen, auch für sich nach einem passenden Outfit zu suchen und so fing alles von vorne wieder an und er musste ein Kleid nach dem anderen begutachten. Leider schien sich nach jedem verworfenen Modell der Fundus von Gössl nur noch weiter aufzublähen und Bernauer hoffte inständig, das Geschäft möge endlich für diesen Abend schließen.

Als aber dann die Zeit überhaupt nicht mehr zu vergehen schien, begann in seinem Kopf automatisch eine Art Abwehrmechanismus anzulaufen und vor seinem geistigen Auge sah er die Aussagen der einzelnen Zeugen aus den ungelösten Fällen der letzten Zeit vorüberziehen. Dabei nickte er immer wieder oder schüttelte den Kopf, wie es eben naheliegend schien, oder von ihm erwartet wurde, bis Iris plötzlich sagte:

„Ich frage mich wirklich, wieso Du jedes Mal gerade von denjenigen Modellen begeistert bist, die mir wahrhaftig überhaupt nicht stehen?"

Leider hatte Bernauer auch nicht die leiseste Ahnung, wann und wie er seine Begeisterung derart deutlich gezeigt haben sollte.

„Iris", antwortete er ausweichend, „an Dir gefällt mir einfach alles" und als sie ihn dann etwas zwiespältig ansah, fügte er erklärend hinzu: „Du bist einfach der Typ dafür."

„Für Dich bin ich also der bäuerliche Typ?" fragte sie leicht feindselig.

„Natürlich nicht", resignierte er und nahm sich vor, keinerlei Kommentar in Sachen Tracht mehr abzugeben. Das Ganze stand ihm sowieso bis obenhin.

Letzten Endes entschied sich Iris für eine Kombination aus Dunkel- und Hellgrün, woraufhin aber Bernauer zur Prüfung der Kompatibilität zwischen seiner und ihrer Tracht noch einmal die beiden Anzüge vorzuführen hatte, so dass letztlich Iris die Entscheidung traf. Gemeinsam würden sie nun den ultimativen Auftritt haben, entschied sie, und das war natürlich auch für ihn bindend.

Iris schwenkte nun in ungezählten Tragtaschen triumphierend die kostbare Beute aus dem Dachgeschoss und Bernauer durfte endlich den einladenden Tisch ansteuern, den sie im Gastgarten des Restaurants hatte reservieren lassen. Der gemütliche Teil des Abends konnte beginnen.

Geborgen in der U-Form des schönen Gebäudes in wieder erstrahltem imperialen Gelb standen die Tische im schneeweißen Kies, der vom Abschluss der Terrasse hin in einen endlos scheinenden, bis in den Horizont verschwindenden, üppigen Rasen überging.

Da die großen hellen Sonnenschirme bereits geschlossen waren, konnte sich Bernauer genussvoll im Schatten der mächtigen Bäume zurücklehnen und hin und wieder entzog sich leise und anmutig brummend hoch durch den strahlend blauen Sommerhimmel ein silbrig glitzerndes Flugzeug dem entspannten Blick seines zufriedenen Betrachters.

Sogar die ferne, steilaufragende Gebirgskette im Hintergrund schien im milden Licht der niedergehenden Sonne strahlend zu leuchten, ganz so, als trüge sie einen wahrhaft königlich schimmernden Hermelin aus ewigem Eis und Schnee auf den stolzen Schultern.

Vom fröhlichen Ambiente und der beeindruckenden Kulisse in Bann gezogen, überkam Bernauer ein so befriedigendes Gefühl von Ruhe und Beständigkeit, dass es keinen Zweifel mehr geben konnte, er hatte sich mit der Trachtenwelt ausgesöhnt.

„Wir wollen den Abend genießen, meine Schöne", sagte er. „Du bist und bleibst mein Typ, mit oder ohne Dirndl."

Aber Iris, froh, endlich seine Aufmerksamkeit gefunden zu haben, war schon wieder voller Mitteilungsdrang und hatte kein Ohr für seine Schmeicheleien.

„Weißt Du, wen ich in der Abteilung für Brautausstattung gesehen habe?" fragte sie gespannt.

„Kennen wir jemanden, der demnächst heiratet?"

„Es scheint so. Adelaide hat ein pompöses weißes Hochzeitskleid probiert. Es war vollkommen mit Perlen bestickt, auch der Schleier. Weil sie aber so beschäftigt war, habe ich sie nicht angesprochen. Dann dürfte das Gerede von der Hochzeit also doch nicht nur Klatsch gewesen sein."

„Warum sollte sie denn nicht heiraten?" meinte Bernauer friedfertig. „Außerdem, beruht denn eine gute Ehe nicht ohnehin in erster Linie auf dem Talent zur Freundschaft."

„Wir sprechen hier vom Heiraten, Joschi, und Dir fällt nichts Besseres ein, als Nietzsche zu zitieren?"

„Ja und, was soll denn daran so falsch sein?"

„Dann mach Dich jetzt spät aber doch mit dem Gedanken vertraut, dass Deine Eltern mindestens einmal in ihrer Ehe mehr als Freunde gewesen sind. Du bist der lebende Beweis dafür."

„Freches Weibsbild", grinste Bernauer, „dafür lasse ich Dich zum Dirndlspringen verurteilen."

„Igitt." Iris schüttelte sich angewidert.

„Nur der Teufel selbst brächte es fertig mich vom Dreimeterbrett zu stoßen."

„Eine Hexe im Dirndl? Natürlich, würde er es mit Vergnügen tun."

„Auch wenn ihr das Trachtenkleidchen nicht einmal sonderlich steht? "

„Also, was ich so gesehen habe sitzt prächtig."

„Und das sollte mich bewegen vom Trampolin zu springen?" fragte sie .

„Tu es für mich, schönes Bauernkind. Du wirst die Wippe stürmen, jauchzen, abheben und das Dirndlspringen gewinnen."

„Wenn ich mich nicht vorher zu Tode gejodelt habe, meinst Du wohl?"

„Das verlangt doch niemand. Freu Dich nur auf den Teich, Hundertschaften von Fröschen warten auf Dich."

„Ich werde mit Inbrunst jeden einzelnen küssen", versprach Iris trocken."

Für Roman Gschwandtner sah die Lage inzwischen nicht mehr rosig aus.

Obwohl Albert nicht gerade der Bruder war, den man sich wünschen mochte, so schätzte ihn Bernauer doch nicht als Menschen ein, der mit falschen Behauptungen Roman ans Messer liefen würde, auch wenn er diesen nicht besonders mochte. Andererseits wusste er aus langjähriger Erfahrung, dass es gerade oft die Spießbürgerlichkeit war, die zur Mutter des Verbrechens wurde.

Wie auch immer, Bernauer durfte nun nicht mehr länger zusehen und ließ Roman Gschwandtner am darauf folgenden Tag zum Verhör ins Präsidium bringen. Er selbst wohnte zwar der Vernehmung bei, hatte aber einen Kollegen damit beauftragt, die Befragung Romans zu übernehmen.

Roman betrachtete beunruhigt das Mikrophon vor sich auf dem Tisch.

„Können wir plötzlich nicht mehr miteinander reden, was soll das?"

Er blickte fragend auf Bernauer.

„Konzentriere Dich bitte auf den Kollegen", klärte ihn dieser auf, „er wird die Einvernahme führen."

„Ich habe für Geduld keine Zeit", sagte Roman kalt, „dass ich den Erwartungen meines Vaters nicht entsprechen konnte, ist kein Geheimnis und wird vielleicht im engsten Kreis noch Anlass für einigen Ärger sein, aber was hier abläuft, sollte doch wohl nicht eine Einmischung in unsere Familiengeschichten werden?"

Seine Frage schwang ins Leere.

„Sind Ihnen die Namen Anton Krüll, Ludwig Zenato und Klaus Lehmann ein Begriff?"

„Anton Krüll ist in der Galerie Ferber beschäftigt und Klaus Lehmann ist der Quasi-Verlobte meiner Schwester Adelaide. Ludwig Zenato wiederum ist ein Freund und Studienkollege von Klaus Lehmann."

„Wieso Quasi-Verlobter?"

„Ein kluger, sehr gutaussehender Bursche, nimmt jetzt mit seinem Freund bei meiner Schwester Bridgeunterricht. Er hat eben ihr Portrait gemalt und schon will er sie angeblich heiraten. Wäre aber durchaus möglich, schließlich ist sie so etwas wie eine goldene Gans."

„Sie zweifeln an seinen seriösen Absichten?"

„Sollte ich nicht? Es gibt doch immer wieder Leute, die zahlen für Geld jeden Preis."

Der Vernehmungsführende sah ihn unbewegt an.

„Sie zum Beispiel und die Männer, mit denen Sie Geschäfte machen, unehrliche, möchte ich sagen?"

„Was soll das heißen?"

Roman wusste offensichtlich noch nicht, dass Krüll und Zenato bereits ausgesagt hatten. Die Angst davor, jetzt noch einmal mit dem Missbrauch der Gemälde und vor allem mit Roman in Verbindung zu kommen, hatte sie vermutlich dazu angehalten, ihm ihre Aussagen zu verheimlichen. Auch Adelaide dürfte ihn sichtlich über ihr Gespräch mit Bernauer nicht informiert haben.

„Herr Mag. Gschwandtner, Ihre Geschäfte mit den Gemälden Ihres Vaters liegen bereits offen zutage. Des weiteren ist bekannt: Ihre Schwester Adelaide hat den Täter beim Diebstahl eines Bildes, das aber damals bereits eine Fälschung war, im Hause Ihres Vaters überrascht, es handelte sich um den jetzigen Verlobten Ihrer Schwester, Klaus Lehmann. Sie selbst hat das Schweigen Ihrer Schwester hoffentlich nicht noch weit mehr als ein Grundstück gekostet."

Der Beamte betrachtete Roman jetzt so schlitzäugig, als hätte er eben beschlossen, ihn vom Fleck weg exekutieren zu lassen.

An Roman schienen jedoch sämtliche Vorhaltungen spurlos abzugleiten.

„Manche Menschen werden erst dann interessant, wenn sie ins schiefe Licht geraten, ob zu Recht oder zu Unrecht", sagte er selbstbewusst, „und die Familie stellt sich offenbar gegen mich, aber das ist deren Sache. Ich frage Sie lediglich, was ungelöste Familienstreitigkeiten und Erbfälle mit Ihren Mordermittlungen zu tun haben, denn wie es scheint, beschäftigt man sich hier ziemlich ungerechtfertigt mit mir."

„Ganz und gar nicht", sagte der Beamte ruhig, „dieser Teil der Recherchen bezieht sich lediglich auf das Vorfeld, in der Sache werden Sie vorerst beschuldigt, den

Restaurator Hirschler getötet zu haben. Deshalb sind Sie hier."

Roman richtete sich ruckartig auf.

„Sie sind ja nicht bei Trost."

Sein Gesicht war aschfahl geworden.

Die Miene des Beamten hatte nun wieder diese verdächtige Ähnlichkeit mit dem Gesichtsausdruck einer Viper.

„Mäßigen Sie Ihren Ton" sagte er scharf, „Sie haben hier nur meine Fragen zu beantworten."

Dabei trommelte die Spitze seines Kugelschreibers im Stakkato auf die Unterlagen neben dem Aufnahmegerät und das wirkte ebenso eindeutig wie gewalttätig, dieser Mann wollte ihn zermalmen.

„Wünschen Sie einen Anwalt zu konsultieren?"

Ein Blick auf Bernauer überzeugte Roman, dass er von ihm keine Hilfe erwarten konnte. Außerdem beruhte dieses Verfahren ja bereits auf dem Resultat von Bernauers Ermittlungen.

Damit war klargestellt, hier war er ganz auf sich selbst gestellt. Auch seinen Bruder Albert als Anwalt zu rufen, wäre ein gewaltiger Fehlgriff gewesen, da war er ganz sicher.

Trotzdem, wie oft war er bereits in prekäre Situationen geraten, und hatte er sich dann nicht jedes Mal wie Baron Münchhausen selbst aus dem Schlamassel gezogen? Sehr oft war es natürlich reiner Bluff gewesen, doch ein Anwalt konnte ihm eine derartige Tour auch gehörig vermasseln.

Zum Erstaunen der beiden Beamten stahl sich ein Lächeln in Romans Mundwinkel:

„Ich wünsche keinen Anwalt", gab er zurück.

„Dann", sagte der Beamte, „beginnen wir mit dem Fest Ihres Vaters in Bad Ischl. Sie sind gesehen worden, wie Sie dem Restaurator Hirschler bis zum Gartentor gefolgt sind, als er zu seinem Wagen ging."

„Irrtum", lächelte Roman arrogant, „Ihre sogenannte Zeugin hat sich doch bei der Gegenüberstellung geirrt. Ich war nicht der Mann, den sie gesehen hat. Das wurde sogar noch in meinem Beisein geklärt."

Er lehnte sich bequem zurück, wurde aber sehr schnell enttäuscht.

„Auch das hat die Zeugin später zurückgenommen. Da sie keine Brille trug, kann sie nun doch nicht mehr mit Sicherheit sagen, wen sie da wirklich gesehen hat."

„Ein wenig dürftig, finden Sie nicht auch?"

„Nicht, wenn man die Aussage Ihres Bruders Albert in Betracht zieht."

„Meines Bruders? Was will denn der zu sagen haben? Er versuchte den ganzen Abend über doch nur peinlichst um Vater herumzuscharwenzeln, ich jedenfalls habe ihn kaum gesehen. Also, was kann er denn schon gesagt haben in seinem gewohnten manischen Geltungstrieb?"

Roman hob beide Hände und demonstrierte bühnenreif sein Unverständnis.

„Hier geht es nicht um den Charakter Ihres Bruders, sondern um die Wahrheit. Er hat sie aber gesehen, dabei lag sein Interesse an Ihnen lediglich darin, Sie unter vier Augen zu ermahnen, mit dem Trinken aufzuhören und sich manierlich zu benehmen. Offensichtlich waren Sie bemüht, den Clown zu spielen und gesehen haben Sie ihn, als er Ihnen folgte, nur deshalb nicht, weil Sie es zu eilig hatten."

„Selbstverständlich hatte ich es eilig, die Auswirkung einer Verzögerung wäre unter Umständen peinlich geworden."

Roman zog spöttisch einen Mundwinkel nach oben, dabei versuchte er sich krampfhaft daran zu erinnern, was sich zugetragen hatte, nachdem er in die Gesellschaft zurückgekehrt war.

„Es gibt da eine Person, die das Ganze beobachtet hat."

„Na und?" sagte Roman scheinbar gelangweilt, „man hat uns beide ins Haus gehen gesehen und dann? Für mich steht fest, dass Albert hinaus ans Gartentor ging, an dem ihn dann Ihre Zeugin mit den schlechten Augen beobachtet hat."

„Dann werde ich Ihrem Gedächtnis jetzt etwas auf die Sprünge helfen."

Der Beamte blätterte in seinem Ordner und begann vorzulesen:

„Ihr Bruder, Dr. Albert Gschwandtner, gibt an, dass er Ihnen über die Terrasse gefolgt ist, als Sie hinter dem Restaurator ins Haus gingen. Allerdings musste er sich vorher noch bei einem Gast entschuldigen, mit dem er eben im Gespräch gewesen war. Deshalb hatte er Sie zwar nicht mehr im Flur angetroffen, aber er sah Ihr weißes Dinnerjacket auf einem Fauteuil im hinteren

Bereich der Garderobe liegen. Sie waren also nur mehr mit schwarzer Smoking-Hose und gleichfarbigem Hemd unterwegs, als Sie hinter dem Restaurator herschlichen und ihn im Schutz der Gartenhecke beobachteten."

„Mein Gott", warf Roman ein, „ich möchte jetzt meinen untadeligen Bruder nicht irritieren oder gar schlecht träumen lassen, aber das ist sicher der schlimmste Unsinn, den er sich je ausgedacht hat. Wenn Sie mich fragen, zu viel Phantasie."

„Ich halte es nicht mit Gott, sondern ganz einfach mit der Wahrheit", sagte der Kriminalbeamte, „und auch für Sie wäre es besser, Gott nicht anzurufen, sondern mich ausreden zu lassen."

Seine Stimme war eisig geworden.

„Da Ihr Bruder Albert im Schutz eines Baumes stehen blieb, um Sie im Auge zu behalten, ohne selbst gesehen zu werden, war er auf keinerlei Phantasien angewiesen. Nachdem Professor Rosner aber wenig später umkehrte, daher kurz darauf wieder zurückkam und in Richtung Ischl verschwand, verließen Sie Ihr unzureichendes Versteck und liefen über die Straße auf Edmund Hirschler zu, der hinter seinem geöffneten Kofferraum telefonierte. Zu diesem Zeitpunkt kam Mathilde Donnersmark besorgt hinter Ihrem Bruder Albert her, sah die offene Eingangstür und Ihr Jackett auf dem Stuhl. Sie trat über den Weg in den Garten und wurde ebenso wie Albert Gschwandtner Zeuge Ihres erregten Gesprächs mit dem Restaurator. Worum es ging, war auf diese Entfernung nicht zu verstehen, aber als Sie nach dem Handy Hischlers griffen, drängte Mathilde Donnersmark Ihren Bruder, zur Gesellschaft zurückzukehren. Die beiden wollten nicht Zeugen etwaiger Handgreiflichkeiten werden.

Sie selbst, Herr Mag. Gschwandtner, erschienen allerdings erst nach geraumer Zeit wieder am Tisch Ihres Vaters."

Robert Gschwandtner erkannte die drohende Gefahr aus diesen ihm bisher nicht bekannten Aussagen, beschloss aber, den Veränderungen ruhig entgegenzutreten.

„Ja, ich habe mit dem Mann gesprochen, den Grund brauche ich wohl nicht mehr zu erklären."

„Doch, das sollten Sie."

„Ich musste auf jeden Fall verhindern, dass der Restaurator meinen Vater mit unausgegorenen Vermutungen beunruhigte."

Er zögerte: „Mein Bruder ist mir also damals gefolgt und hat gegen mich ausgesagt, in voller Übereinstimmung mit seiner angegrauten Liebsten. Vermutlich war er es auch, der mich dann zu erpressen versucht hat. Verdammt klug ausgedacht, nur um mich zu beseitigen."

„Er hat versucht, Sie zu erpressen?"

„Anonym natürlich, am Telefon. Würde man ihm gar nicht zutrauen, oder? Aber damit ist es jetzt leider auch vorbei." Roman grinste höhnisch.

„Der Erpresser könnte doch auch ein Kellner gewesen sein", warf der vernehmende Beamte ein, der bisher nur vom Erpressungsversuch an Albert Gschwandtner gehört hatte.

Für den Geschmack Bernauers hatte der Kollege leider ziemliche Mühe, nicht erkennen zu lassen, dass er von dieser weiteren Erpressung nichts wusste.

„Möglich, aber für so schlau den Zusammenhang zu erfassen, hätte ich weder Albert noch den Kellner eingeschätzt."

Plötzlich erkannte Roman, dass er vielleicht vorschnell gewesen war. Aber wenn bereits vom Kellner gesprochen worden war, dann wusste die Polizei offensichtlich auch, womit er von dem Kerl erpresst werden sollte. Es war also notwendig, das Gesagte abzuschwächen.

„Selbstverständlich hatte ich dabei nicht die Absicht jemandem zu schaden", erklärte er, „aber die Gefahr, dass der Restaurator mit meinem Vater über den Verdacht bezüglich der Gemälde reden würde, schien beinahe greifbar. Der Mann hatte ja keine Ahnung, dass er damit auch seinen eigenen Lebensgefährten belasten würde. Aber wie sollte ich ihm dies beibringen? Vor allen Leuten. Irgendwie musste ich ihn weglotsen, aber wie?

Da kam mir der Zufall zu Hilfe. Der Restaurator äußerte, dass er Kopfschmerzen hätte, lehnte aber ein angebotenes Schmerzmittel meines Vaters aus Allergiegründen ab. Hier sah ich meine Chance. Ein wenig von dem Zeug und er würde sich nicht mehr wohlfühlen und vermutlich zurückziehen. Vielleicht konnte ich bei der Gelegenheit ungestört mit ihm über die Sache reden.

Es musste also gehandelt werden. Ich holte aus Vaters Schreibtisch ein Kuvert mit pulverisiertem Kopfschmerzmittel, ging an die Bar, verlangte von der Kellnerin einen Krug frischen Wassers und leerte das Tütchen hinein. Den Wasserkrug stellte ich dann unterwegs einem Kellner auf das Tablett und trug ihm auf, ihn an den Tisch meines Vaters zu bringen, da das Wasser dort schal geworden sei. Leider hatte ich dabei übersehen, dass mein Bruder hinter mir die Szene verfolgte. Vielleicht hatte er mich auch bereits länger beobachtet. Dass er dies allerdings jetzt auf so schäbige Weise ausnutzen würde, hätte ich nie vermutet."

„Das hat er auch nicht getan", dachte Bernauer, „weil er es überhaupt nicht bemerkt hat, kann also doch wieder nur der Kellner gewesen sein, der dann versuchte, beide zu erpressen."

Die nächste Frage des Vernehmenden klang nun etwas erstaunt:

„Dann haben also alle Personen am Tisch ihres Vaters Wasser mit Kopfschmerzmittel getrunken?"

„Das schadet doch keinem, schlimmstenfalls vielleicht im Geschmack. Wasser getrunken haben allerdings, soweit ich gesehen habe, ohnehin nur die Donnersmark und Hirschler. "

„Als dann der Restaurator den Tisch verließ, haben Sie in der Garderobe Ihr Jackett ausgezogen und sind ihm gefolgt?"

„Ja, er hüstelte, benutzte seinen Inhalator und verließ die Terrasse unverfänglich langsam durch das Haus, ging durch den Garten zu seinem Wagen und begann dann zu telefonieren. Soweit ich verstanden habe, ging es um den Verkauf eines Bildes. Dabei öffnete er den Kofferraum, in dem er einige Zeit erfolglos herumsuchte. Dann sagte er plötzlich, er wolle meinen Vater verständigen, beendete abrupt das Gespräch und begann, eine andere Nummer zu wählen. Da war mir klar, dass er meinen Vater zu sich herausrufen wollte. Als ich auf ihn zulief, erschrak er offensichtlich und griff in sein Jackett. In einer Hand hielt er nun das Atemgerät, in der anderen sein Handy. Ich glaube, dass er gar nicht richtig erfasste, was ich ihm da erklären wollte, also musste ich die Verbindung abbrechen. Ich griff nach dem Telefon, doch er hielt es eisern fest. Bei dem Gerangel glitt es ihm allerdings aus der Hand und rutschte hinter den rechten Vorderreifen von Mathildes Porsche. Jetzt durfte ich Hirschler nicht mehr in den Besitz des Handys kommen lassen.

Die einzige Stelle, an das Phone heranzukommen, war seitlich neben dem vorderen Reifen, eine Stelle, an der das Gebüsch leider ziemlich dicht ist. Wir versuchten nun beide, nach dem Handy zu angeln und mir ist es dann gelungen, es zu fassen und in meine Hosentasche zu schieben, nur reden konnte ich mit dem Hirschler nicht, er hörte einfach nicht zu. Als sich die Scheinwerfer eines Wagens näherten, stieß ich ihn zurück ins Gebüsch und lief zur Villa, um nicht gesehen zu werden. Was dann weiter geschehen ist, entzieht sich meiner Kenntnis."

„Der Mann hatte einen schweren Asthmaanfall und Sie sind weggelaufen?"

„Dafür hatte er doch seinen Apparat, wie sollte ich ahnen, dass es so enden würde?"

„Den Inhalator hatte Hirschler dank Ihres Überfalls ebenfalls verloren, der Mann ist im Gebüsch elend erstickt."

„Das war dann natürlich ein Unfall, da kann ich nichts dafür. Gewalt ist mir nämlich völlig fremd."

Roman war offensichtlich entschlossen, schockiert und empört zu sein.

„Das zu beurteilen ist nicht mehr meine Sache, aber der Staatsanwalt wird sich ein Bild von Ihnen machen", sagte der Kriminalbeamte kühl.

„Dazu wird er allerdings einen Fotografen brauchen", dachte Bernauer grimmig.

„Wenden wir uns jetzt dem weiteren Verlauf des Abends nach dem Konzert zu. Wann haben Sie dann beschlossen, Ihr Problem endgültig zu beseitigen?"

„Welches Problem? Wovon reden Sie?"

„In Wirklichkeit stand Ihnen doch nur eine Person dauernd im Weg, und das war Ihr Vater."

„Wir hatten nie eine gute Beziehung zueinander, konnten einfach nichts miteinander anfangen, aber das steht doch wohl für Außenstehende nicht zur Debatte."

„Das kommt auf die Umstände an, wenn man Ihren Vater nicht Stunden nach dem Tod des Restaurators vergiftet hätte und Sie nicht der letzte gewesen wären, der ihn lebend gesehen hat, dann sicherlich nicht."

„Warum hätte ich ihm etwas antun sollen, wegen lächerlicher Streitigkeiten? Ich bin selbst nicht mittellos und gewisse Vorteile habe ich trotz allem immer genossen."

„Wieso hat dann Ihr Vater darauf bestanden, dass Ihr Bruder ihre Schwester Adelaide nach Hause bringt. Warum sollten Sie bleiben und was wollte Ihr Vater mit Ihnen auf der Rückfahrt nach Salzburg besprechen?"

„Vater war Pragmatiker und wusste, dass ich es bin, der mit Menschen umgehen kann, besonders in kritischen Momenten. Ich habe beruhigend auf die Anwesenden eingewirkt und ohne Hysterie der Polizei und dem gerufenen Arzt Auskunft gegeben."

Roman gewann wieder an Sicherheit.

„Und was mein Vater mit mir besprechen wollte, war ganz einfach. Ich habe mich auf seinem Fest wieder einmal daneben benommen, also hat er mich vor die Wahl gestellt, entweder in Zukunft als Jurist in seiner Kanzlei zu arbeiten oder eigene Wege zu gehen, dann würde er allerdings die Apanage, die ich monatlich von ihm erhalte, fristlos streichen. Wir konnten aber im Laufe des Gesprächs dann so übereinkommen, dass ich halbtags in der Kanzlei arbeiten würde, aber andererseits mein Projekt mit dem Golf-Club vorantreiben könnte. Wir sind in Frieden zu Hause angekommen, haben uns für unsere Begriffe freundlich verabschiedet und das letzte, das ich noch von ihm gehört habe, war seine Dusche."

Jetzt hielt Bernauer eine Unterbrechung des Verhörs für angebracht.

„Verzeihen Sie meine Einmischung, Kollege, aber wäre es nicht zweckdienlicher, die Vernehmung für heute zu unterbrechen und Herrn Gschwandtner die Möglichkeit zu geben, wenigstens jetzt einen Rechtsbeistand beizuziehen?"

Der vernehmende Beamte blickte auf die Uhr: „Gut, unterbrechen wir bis morgen Nachmittag."

Er erhob sich und Roman stellte rein gewohnheitsmäßig fest, dass der Mann bei einer Größe von ungefähr 190 Zentimetern bestenfalls fünfundachtzig Kilogramm auf die Waage brachte.

„Ich muss allerdings darauf bestehen, dass Sie inzwischen die Gastfreundschaft unseres Hauses in Anspruch nehmen", sagte der Riese.

Zwei Stunden später erreichte Josefine Krenn der Anruf eines Dr. Staller aus Wels, er habe die anwaltliche Verteidigung für Mag. Roman Gschwandtner übernommen, da dieser im Zuge einer Vernehmung festgenommen worden sei.

„Mag. Gschwandtner hat mich beauftragt, Sie zu verständigen und niemand sonst. Leider kann ich Ihnen noch keinerlei Auskunft geben, da ich erst morgen Vormittag nach Salzburg komme, um mit ihm ein erstes Gespräch zu führen. Es geht ihm aber den Umständen entsprechend gut."

„Welche Vernehmung? Wieso denn festgenommen? Kann ich mit ihm sprechen?" Josefine war fassungslos.

„Tun Sie das vorerst mit mir, gnädige Frau, morgen, wenn ich mit meinem Mandanten ausführlich sprechen konnte, erfahren Sie mehr."

„Ich bitte Sie, verständigen Sie mich sofort, ich bin durchgehend auf meinem Handy zu erreichen."

„Sie können sich voll auf mich verlassen. Machen Sie sich noch keine voreiligen Sorgen."

„Warten Sie, Dr. Staller, haben Sie seine Geschwister informiert?"

„Ich sollte ausdrücklich nur Sie verständigen, niemanden sonst. Daran sollten wir uns halten."

„Muss man sie nicht informieren?" fragte sie ungläubig.

„Nicht, wenn Herr Gschwandtner es nicht will."

So blieb Josefine eine Nacht lang alleingelassen mit diesem schrecklich beunruhigenden Halbwissen, während Chris Rea in Quadrophonie wehleidig über die ‚Road to hell' düste.

Sie sprang auf und ließ ihn per Knopfdruck samt seiner Musik verstummen. Was ihr da im realen Leben aufgebürdet wurde vertrug sich in keiner Weise mit einer komplexgeschüttelten Gruselgeschichte à la Ödipus.

„Hat Roman heute eine auswärtige Verabredung?" fragte Adelaide, als Josefine das Abendessen hereintrug.

„Ja", antwortete Josefine kurz und sah dabei erbärmlich aus.

„Aha", dachte Adelaide, „der Spaß hat schon wieder lange genug gedauert, der Windhund folgt bereits der nächsten Fährte."
Aber angesichts ihres eigenen Glücks mit Klaus hatte sie Mitleid mit dem Unglück Josefines.

Der von Josefine sehnlichst erwartete Anruf Dr. Stallers kam endlich um Viertel nach elf am nächsten Vormittag.
„Wenn es für Sie möglich ist", sagte Staller, „könnten wir uns um zwölf zum Mittagessen im Restaurant Elefant treffen, Sie wissen, wo das ist?"
„Ja, natürlich, in der Sigmund-Haffner-Gasse. Wie geht es Roman?"
„Später."
„Danke", sagte Josefine zerstreut, denn in ihrem Kopf rasten bereits die ungeheuerlichsten Gedanken durcheinander.
Über die Gegensprechanlage rief sie eilig nach Adelaide und teilte ihr mit, dass sie sich für heute Mittag selber ein Gericht in die Mikrowelle zubereiten musste, man habe sie nämlich überraschend zu einem wichtigen Termin gerufen.
Ohne auf Adelaides Antwort zu warten, hatte Josefine die Verbindung abgebrochen.
Hastig und aufgeregt betrat Josefine das gutbürgerliche Restaurant und sah sich um. Wer konnte denn jetzt dieser Dr. Staller sein, oder war er überhaupt noch nicht eingetroffen?

„Frau Krenn?" fragte jetzt eine angenehme Stimme an einem Tisch aus der Fensterecke her.

Als sie sich umwandte, war der Anwalt bereits aufgestanden und kam auf sie zu.

Dr. Staller hatte nicht nur die Gabe, Menschen durch seine ungemein sympathische Stimme zu beruhigen, auch seine Ausstrahlung und sein angenehmes Äußeres taten bei jeder Gelegenheit ihre Wirkung.

„Gott sei Dank", dachte Josefine erleichtert, „ein Gentleman."

„Wundervolle Titten", war Stallers erster und einziger Gedanke.

Der Tisch, an den Dr. Staller sie führte, war in Weiß und Apfelgrün gedeckt und die ledergebundene Speisekarte hätte unter freundlicheren Umständen allein schon appetitanregend auf Josefine gewirkt, aber dazu war sie jetzt viel zu aufgeregt.

„Sie haben mit ihm geredet?" fragte sie.

„Jetzt werden wir bestellen", sagte Staller bestimmt, „dann werden wir uns unterhalten."

Josefine gab sich vorerst geschlagen.

„Könnten Sie das bitte für mich mit übernehmen", fragte sie, „ich denke, ich bin überhaupt nicht hungrig."

„Doch, sind Sie", entschied Staller. „ich erledige das schon."

Mit einer kurzen Handbewegung holte er die Kellnerin an den Tisch, gab eine Bestellung für beide auf und wandte sich wieder Josefine zu.

„Ich habe mit Mag. Gschwandtner gesprochen", sagte er, „Sie wissen, worauf ich spezialisiert bin?"

Josefine blickte abwehrend.

„Doch nicht Mord?"

„So ist es leider."

„Was hat Roman denn mit Mord zu tun, das ist ja lächerlich. Wen soll er denn ermordet haben?"

„Einen Restaurator Edmund Hirschler, aber ich denke, dass er in diesem Fall eher glimpflich davonkommen sollte. Im besten Fall käme es auf einen Unfall heraus."

„Aber?"

„Ihm wird auch vorgeworfen, seinen Vater getötet zu haben und das ist nun der wirklich schwerwiegende Punkt."

„Nein." Josefine stieß es abwehrend aus.

„Nein, nein und noch einmal nein, das ist unmöglich."

„Er bestreitet es natürlich kategorisch", sagte Staller, „aber ich habe trotzdem den Eindruck, er begreift die Ernsthaftigkeit der Angelegenheit nicht. Schon als Jurist dürfte er wissen, dass auch ‚nicht schuldig sein' kein Garant für einen positiven Ausgang eines Prozesses sein muss."

Staller wusste, dass dies für einen Rechtsunkundigen oft schwer verständlich war, also fügte er hinzu:

„Allein schon die Art einer solchen Straftat erweckt überall Abneigung gegen den Angeklagten und Mag. Gschwandtners gezeigte Art in dieser Sache zu reagieren, wäre leider nicht sehr geeignet, das Gericht für ihn einzunehmen.

„Das kann man verstehen", sagte Josefine leise, „allen Sündern wird vergeben, nur dem Vatermörder nicht."

Dr. Staller nickte.

„Das sieht ihm ähnlich", ärgerte sich Josefine, „ich darf wohl nicht mit ihm sprechen?"

„Leider nein."

„Woraufhin verdächtigt man ihn denn überhaupt?"

„Sein aufwändiger Lebensstil verschlingt eine Menge Geld, er hat ohne Wissen seines Vaters dessen Bilder veruntreut und er ahnte, dass der Restaurator in Ischl dem Vater in diese Richtung hin umgehend etwas mitzuteilen beabsichtigte. Der Argwohn Dr. Bertram Gschwandtners war ohnedies bereits geweckt worden und sogar ein bloßer Verdacht hätte jetzt sofortige Konsequenzen gezeitigt, sodass dann auch jeder Umstimmungsversuch seitens seines Bruders Albert nutzlos gewesen wäre.

Außerdem hatte Roman Gschwandtner, wenn ich das richtig sehe, bereits bei der ersten Vernehmung ausgesagt, dass ihm sein Vater jede Unterstützung streichen wollte, würde er sich nicht dafür entscheiden, in dessen Kanzlei mitzuarbeiten. Dieses Gespräch war ja auch der Grund, warum Bertram Gschwandtner darauf bestand, dass Roman nach dem Tod des Restaurators noch vor Ort blieb, während Albert die Schwester nach Hause bringen sollte. Dass auf der Heimfahrt eine gütliche Einigung zwischen Vater und Sohn zustande gekommen wäre, ist durch nichts bewiesen und dass es Roman Gschwandtner war, der seinen Vater zuletzt noch lebend gesehen hat, steht leider überdies fest."

Dr. Staller unterbrach abrupt seine Schilderung, da Josefine ihre Haltung geändert hatte, sie war plötzlich erstaunlich selbstbewusster geworden. War es möglich, dass sie die Aufzählung all dieser Hinweise nicht erschreckt, sondern merklich beruhigt und gefestigt hatte?

„Ich konnte mich natürlich noch nicht voll in die Akte vertiefen, dazu hatte ich leider noch zu wenig Zeit", sagte er etwas lahm.

„Und Sie sehen auch keinerlei Unwahrscheinlichkeiten in diesen Behauptungen?" fragte Josefine.

Staller antwortete lediglich mit einem fast theatralischen Achselzucken.

„Gut, wenn es weiter nichts ist", erklärte Josefine, „dann sollten wir uns vielleicht etwas näher mit anderen Dingen befassen". Sie richtete sich auf und sah Staller beinahe triumphierend an.

„Brünhilde", dachte er amüsiert, „sie wartet darauf, gegen mich zu kämpfen und zu unterliegen."

Denn dass Josefine, die ja eine vorzügliche Haushälterin sein mochte, gegen diese erdrückenden Fakten nichts Relevantes vorzubringen hatte, stand für ihn außer Frage. Wozu auch, dies war seine eigene Domäne. Dass Roman Gschwandtner aber der Magie dieses herrlichen Weibsbildes verfallen war, konnte Staller geradezu körperlich nachfühlen, spürte er doch in Josefines Gegenwart sofort, wie sich seine Bauchmuskulatur bereitwillig zusammenzog. Wie hatte Schopenhauer so treffend gesagt?

‚Die Genitalien sind der Resonanzboden des Gehirns!'

„Womit sollten wir uns dann Ihrer Meinung nach befassen?" fragte er erwartungsvoll.

Albert und Adelaide saßen beim Abendessen, als Klaus Lehmann auftauchte.

„Ich brauche noch höchstens zehn Minuten", rief ihm Adelaide zu, und „hast Du schon gegessen?"

„Habe ich", sagte Klaus, der ausnahmsweise ein dunkles Jackett trug, „außerdem möchte ich später noch von den guten Sachen probieren, die es wieder reichlich geben wird."

„Ich natürlich auch", grinste Ada, „aber Du könntest hinauffahren und uns inzwischen einen Manhattan mixen, zur Einstimmung. Damit sparen wir auch noch Zeit."

„Zwei Schuss guten Bourbon auf einen Schuss süßen Wermut. Richtig?"

„Perfekt."

„Wohin willst Du noch?" fragte Albert.

„Ins Sheraton, zu einer Vernissage. Ein Studienkollege von Klaus stellt äußerst interessante Werke zum Thema Synthesen zwischen gemalten und fotografierten Landschaften aus."

„Vernissage im Sheraton? Etwas protzig, aber in der heutigen Zeit findet vermutlich alles seinen Käufer. Auch das Unmögliche ist möglich", fügte er noch etwas gönnerhaft hinzu.

„Du weißt doch überhaupt nicht, wovon Du redest", sagte sie gereizt, „ist etwa Deine eigene Unzufriedenheit daran schuld, dass Du ständig an anderen herumkritisieren musst?"

„Erkläre mir, wen ich hier kritisieren sollte?"
Alberts empörte Stimme erreichte bereits einen fistelnden Ton. „Meine übergeschnappte Schwester, die Manhattan trinkt und sich in Synthesen ergeht oder meinen nichtsnutzigen Bruder, der sein Bett im Dienstbotenzimmer aufgeschlagen hat, sofern er überhaupt anwesend ist."

„Im Moment befindet sich Ihr Bruder im Polizeigefängnis", sagte Josefine, die aus der Küche gekommen war, „er steht unter Mordverdacht und wird morgen einem Haftrichter vorgeführt."
„Er hat den Restaurator doch nicht wirklich umgebracht? Wieso erfahre ich erst jetzt davon?" Albert war vor Schrecken starr.
„Der Restaurator war wohl eher ein Unglücksfall", erklärte Josefine ruhig, aber mit Nachdruck. „Nein, man beschuldigt ihn jetzt, seinen Vater getötet zu haben und Sie beide wurden nicht benachrichtigt, weil Roman es nicht wollte."
Im Raum war es totenstill.
„Warum sollte mein Bruder etwas so Fürchterliches getan haben?"
Albert war aufgesprungen. „Er geht zwar immer zielstrebig den Weg des leichteren Widerstandes und fällt auch wieder auf die Beine, aber ein Meuchelmord? Niemals, das kann nicht sein."
„Es ist natürlich auch nicht so", bestätigte Josefine, „er ist es nicht gewesen."

„Man kann in keinen Menschen hineinsehen, letztlich ist jeder seines eigenen Glückes Schmied, vorausgesetzt, er behält immer die jeweiligen Folgen im Auge." Adelaide sah Josefine an. „Habe ich nicht Recht?"

„Da stimme ich absolut zu", sagte Josefine, „aber irgendwann muss sich der Mensch auch entscheiden, wie dieses Glück aussehen soll. Ich für meinen Teil habe mich entschieden", sagte sie dann fest.

Albert blickte verwirrt auf Josefine. Was ging ihn schließlich eine Entscheidung der Haushälterin an, aber bevor er eine neuerliche Zurechtweisung anbringen konnte, sagte Josefine: „Ich habe heute Romans Anwalt die Wahrheit gesagt."

„Romans Anwalt? Wer ist Romans Anwalt?"

Nun begriff Albert überhaupt nichts mehr.

„Ein gewisser Dr. Staller aus Wels, und zwar auf Empfehlung Major Bernauers."

Josefine schien jedes Wort zu genießen. „Der Mann ist hauptsächlich mit Mordfällen befasst."

„Ich werde mit ihm sprechen müssen, hier geht es schließlich um die Familie." Albert hatte sich wieder gefasst.

„Hier geht es einzig und allein um Roman", sagte Josefine kühl, also habe ich die Entscheidung getroffen."

„Die da wäre?" sagte Adelaide merkwürdig gedehnt.

Josefine war jetzt direkt vor Albert getreten.

„Ich habe Bescheid gewusst, sobald ich in das Arbeitszimmer Dr. Gschwandtners kam und das Kabel der Espressomaschine neben seinem Schreibtisch gesehen habe."

„Das Kabel?" Albert rückte vorsichtig ein wenig zur Seite, denn die Haushälterin schien verrückt geworden zu sein.

„Josefine", sagte Adelaide ruhig und es lag keinerlei Drohung in ihrer Stimme, nur gespannte Aufmerksamkeit. „Armut ist kein Fehler, doch sie erzeugt gerne welche."

„Was ist mit diesem verdammten Kabel?" Albert hatte nun den Rest seiner beinahe enervierenden Beherrschung verloren.

„Hier im Haus sind alle Espressomaschinen vom gleichen Fabrikat und alle in der Farbe Rot. Nur hätte das Kabel der Espressomaschine Ihres Vaters eine Schlinge auf dem Teppich bilden müssen. Er ließ nämlich anlässlich einer Überholung seiner Maschine ein längeres Stromkabel einziehen, damit er den Rollwagen, auf dem sie gestanden hat, auch neben die Couch ziehen konnte. Befand sich dieser Rollwagen also neben dem Schreibtisch Dr. Gschwandtners, hätte das längere Kabel eine Schlinge bilden müssen. Tat es aber nicht, nicht an diesem Morgen. Der Kaffeeautomat war also ausgewechselt worden und das Originalkabel war natürlich kürzer und gerade lang genug, um bis zum Schreibtisch zu reichen."

„Robert hat die Espressomaschine ausgewechselt?" fragte Albert ungläubig.

„Nein, es war Adelaide und ich bedauere es, dies hier sagen zu müssen", antwortete Josefine eisig, „aber sie hätte Roman gnadenlos ins Gefängnis gehen lassen für einen Mord, den er nicht begangen hat."

„Sie reden doch wirres Zeug", sagte Albert.

„Du musst Dir das nicht anhören, Albert. Sie bewirft uns und unsere Familie mit Schmutz."

„Oh nein", stellte Josefine klar, „diese Tour zieht nicht mehr, in den Schmutz haben Sie sich alle selbst gelegt" und an Albert gewandt:

„Ihre Schwester wusste, wie alle anderen hier im Haus, nichts von der Verlängerung des Kabels. Ich habe mich aber nach der Entdeckung der falschen Espressomaschine im Arbeitszimmer auf der Terrasse Ihrer Schwester umgesehen, als sie durch die Beruhigungsspritze des Arztes eingeschlafen war. Und wie vermutet, das Kabel der Maschine auf dem kleinen Tisch neben der Terrassentür Ihrer Schwester bildete am Boden eine ausladende Schlinge. Dies war der Beweis, dass es sich hier um den Kaffeeautomaten Ihres Vaters handelte."

„Josefine", fragte Albert noch immer verständnislos, „was soll das werden? Küchengeschichten?"

Sie tat ihn mit einer Handbewegung ab.

„Aber leider nicht von der Art, die Sie vermuten würden."

„Dann kommen Sie endlich zu vernünftigen Tatsachen."

„Sie werden es nicht glauben, ich bin laufend dabei, nur jetzt wird es sicherlich interessanter für Sie."

Albert schwieg und Josefine hob ihren Zeigefinger gegen ihn.

„Nachdem Sie und Ihre Schwester auf Befehl Ihres Vaters in Salzburg angekommen waren, brauchte Adelaide nur zu warten, bis Sie eingeschlafen waren, um die Espresso-Kapseln im Arbeitszimmer des Vaters gegen vergiftete auszutauschen. Wie gewohnt würde er noch seinen Kaffee trinken und anschließend zu Bett gehen. Da konnte gar nichts schief gehen, denn ein unvermeidlich bitterer Beigeschmack musste in der widerlich süßen Brühe ohnehin untergehen.

Die Vorbereitungen für später waren einfach gewesen. Sie hatte in ihrer Wohnung die eigene Maschine der Fingerspuren wegen gereinigt und sie samt einer sauberen Tasse und einigen neutralen Kapseln in eine Tragtasche verstaut.

Stunden später, als auch Roman schlief und Dr. Gschwandtner bereits tot war, stellte Adelaide ihre eigene Kaffeemaschine auf den Platz neben dem Schreibtisch ihres Vaters und verstaute seinen Automaten und den Rest der tödlichen Kapseln in ihre Tragtasche. Sie füllte den Ständer wieder mit neutralen Kapseln auf und ließ jetzt über ihre eigene mitgebrachte und saubere Maschine aus zwei neutralen Kapseln Kaffee in eine reine Tasse laufen. Dann folgten noch zwei Löffel Zucker. Sie sorgte auch dafür, dass sich Fingerabdrucke Ihres Vater sowohl auf der Maschine als auch auf dieser Tasse befanden und schon war jede fremde Spur beseitigt.

Die Tasche mit der Espressomaschine ihres Vaters samt den vergifteten Kapseln und seiner eigenen Kaffeetasse nahm sie mit zu sich hinauf, säuberte Maschine und Trinkgefäß und platzierte beides am Tischchen neben ihrer Couch. Niemand würde sich für die

Espressomaschine in Adelaides Wohnung interessieren, der Austausch war perfekt und somit alles penibel für die Spurensicherung vorbereitet. Außer auf dem Kaffeelöffel war nirgends eine Spur des Unkrautvernichtungsmittels zu finden, daher konnte es Dr. Gschwandtner nur selbst zu sich genommen haben."

„Das können Sie vermutlich auch beweisen?" fragte Albert ungläubig. „Ada wird Vaters Maschine doch wohl nicht in ihrer Wohnung behalten haben."

„Nein, das hat sie natürlich nicht, aber ich habe sie sichergestellt. Nachdem außerdem der Tatort akribisch von der Spurensicherung fotografiert wurde und ich auf der Terrasse Ihrer Schwester die restlichen Fotos gemacht habe, denke ich, das wäre auch für Sie Beweis genug."

„Und mit diesen Beweisen haben Sie sich also hinterhältig an meine Schwester herangemacht, sich hier eingeschlichen und erpresserisch alle Vorteile genossen wie ein Dieb?"

Die Empörung schlug beinahe sichtbar über Albert zusammen.

„Jetzt halt doch endlich die Klappe, kleiner Spießer", fuhr ihn Josefine an, „Deine Schwester ist Dir doch genau so egal wie Dein Bruder. Aber siehst Du vielleicht sonst eine Möglichkeit, den Unschuldigen zu retten als die lästige Wahrheit zu sagen, Rechtsanwalt?" Es klang genau so, als hätte sie diese Bezeichnung verachtungsvoll ausgespuckt.

„Albert", Adelaides Stimme kippte hysterisch über, „sie lügt doch, mach sie fertig."

„Sie lügt, sagst Du? Hier liegen Tatsachen vor und die Polizei wird ihr Möglichstes tun, um Punkt für Punkt zu beweisen. Man wird Dich auseinandernehmen, verhören und immer wieder verhören. Du kannst Dich jetzt nicht mehr hinter Deinem Rollstuhl verkriechen, das solltest Du endlich begreifen."

Sorgenvoll wischte er mit der Serviette über seine Stirn.

„Ich soll sie fertig machen, sagst Du? Was erwartest Du eigentlich von mir?"

„Du bist ein jämmerlicher Schlappschwanz, Du kriecherischer kleiner Anwalt. Ich bin Deine Schwester, Du hast mir gegenüber eine Verpflichtung."

„Verpflichtung?", brüllte Albert, „Du hattest eine Verpflichtung, uns allen gegenüber. Du scheinst zu vergessen, was Du Deiner Familie schuldig bist."

Adelaide holte tief Luft.

„Meiner Familie etwas schuldig", lachte sie laut auf.

„Welche Familie meinst Du eigentlich? Ihr seid mir alle fremd, alle, die mich in diesem Gefängnis umgeben haben. Ihr habt lieblos dafür gesorgt, dass meine Welt nur öde und das Leben viel zu lang war, habt mich gedemütigt, beiseite geschoben und vernachlässigt. Was hat Euch denn meine Einsamkeit gekümmert und die endlosen dunklen Stunden? Mein Leben habt Ihr mir gestohlen und meine Gesundheit. Ich habe Euch gehasst, Ihr leblosen Figuren, die nichts weiter sind als eine Reihe gleichgültiger Gesichter."

„Was redest Du da?" fragte Albert verständnislos, „Du hattest niemals Sorgen oder die Trostlosigkeit ärmlicher Verhältnisse."

„Trostlos trifft den Kern", fauchte Adelaide, „mein einzig wirklicher Freund bestand aus ein paar Körnern „E 605 forte", die ich behalten habe, als das Gift entsorgt wurde. Dass ich diesen kleinen Schatz besessen habe, war meine ganze Stütze, Sicherheit und Beruhigung. Er gab mir sogar ein gewisses Machtgefühl, ja, es war Macht, die einzige, die ich je hatte. Nur wollte ich dies für mich selbst behalten, sollte es einmal ganz unerträglich werden.

Vaters Kapseln habe ich übrigens mit einer Spritze präpariert, direkt unter dem Rand, wo es kaum zu sehen ist. Alles war ganz leicht und sogar Du, Albert, Du gehorsamer Rechtsspion, konntest mich nicht stören, denn Du hast wunderbar geschnarcht, Dank eines Schlafmittels im Kräutertee."

„Dir ist nichts und niemand heilig", murmelte Albert, während er bemüht war, das letzte störende Krümel vom Tisch auf seinen Teller zu räumen. Aber er glaubte jetzt wenigstens zu verstehen.

„Vaters Absicht, Bilder und Besitz in Ischl zu verschenken, war dann also der Anlass für Dich zu handeln?"

Adelaide lachte bitter.

„Was interessieren mich denn die Bilder und der übrige Krempel? Das Maß war voll, als sich Vater mit Götz Alsmann unterhalten hat und das an einem Tisch mit mir.

„Was wird er denn schon gesagt haben?"

„Nichts besonderes", sagte Adelaide sarkastisch. „Nur: Mein Sohn Albert ist der geborene Anwalt, aber völlig unmusikalisch." Auf die Antwort Alsmanns, ‚aber Ihre Tochter und der anderer Sohn scheinen mir da eher das Gegenteil zu sein', äußerte sich Vater grinsend: ‚Was meinen Sohn Roman angeht, liebt er die schönen Künste weit mehr als mir lieb ist, wo allerdings die Interessen meiner Tochter liegen, habe ich keine Ahnung. Wenn sie sich nur irgendwie unterhält, für die Kosten komme ich selbstverständlich auf.'

Er hatte keine Ahnung, begreift Ihr das eigentlich? Ich war nicht einmal existent."

„Und das hat Dir genügt, um ihn zu töten?" fragte Albert verständnislos „das ist doch lächerlich."

„Es war die Summe aller Gemeinheiten, aber Du wirst das nie begreifen, denn Du bist keinen Deut besser als er. Hast Du denn wirklich gedacht, Deine Streberei hätte Vater imponiert?"

Sie lachte höhnisch.

„Nein, geliebter Bruder, denn im Mastdarm unseres Vaters war der Platz schon besetzt und zwar von der schneidigen Josefine. Sorry Brüderchen. Hast Du das nie bemerkt?"

„Und Mutter?" fragte Albert bedrückt, „hast Du sie auch so gehasst?"

„Sie war das Grundübel in meinem Leben."

Adelaide brach in Tränen aus.

„Ihre verfluchten Pferde. Ich hatte ungeheure Angst vor jedem Sprung, selbst wenn ich vom Pferd fiel, ich musste hinauf, wieder und wieder. Vor jedem Oxer wurde mir schlecht, vor jedem Wassergraben brach ich in Schweiß aus, aber sie gab keine Ruhe, bis ich dann endgültig diesen schweren Unfall hatte und vernichtet die Bahn geräumt habe. Ich war sogar zu bedeutungslos, als dass man mich hätte operieren lassen. Meine Beine sind verkümmert und ich bin auf den Rollstuhl angewiesen. Mutter hat mich natürlich nie wieder beachtet."

„Du hast Sie also auch auf dem Gewissen?" Albert wurde bleich.

„Sie hat es verdient", heulte Adelaide auf, „sie hat es tausendmal verdient. Und dass sie mir das angetan hat, war noch nicht genug. Der Tintoretto, den ihr Großvater anlässlich meiner Geburt gegeben hat, war mein Taufgeschenk, wir haben uns oft darüber unterhalten.

‚Mach damit, was Du willst', hatte mir Opa gesagt. ‚Wenn er Dir gefällt, behalte ihn als Aussteuer, wenn nicht, kannst Du ihn immer noch gut verkaufen.'

Mutter hat ihn kürzlich über eine Hamburger Galerie nach Russland verscherbelt, ich weiß es von Klaus. Ganz sicher war das Geld für Roman und seinen Golfplatzbestimmt, irgendwo muss es ja hingekommen sein. Dafür schenkte sie uns ein Grundstück, natürlich erst auf den Todesfall, knüpfte dann aber Ihre Bedingungen daran und mischte sich überall ein. Wir sollten diesen Reitstall finanzieren und sie machte sich boshaft auf nach München, um auch die einzige Möglichkeit für uns, unabhängig Geld zu verdienen, zu vernichten. Sie wollte Einspruch erheben gegen eine Verbindung mit der Wellnessanlage auf dem Nachbargrundstück."

Adelaide schluchzte heftig.

Albert verstand die Welt nicht mehr. Auch er hatte unter den ständigen Missachtungen seiner Familie schwer genug gelitten, aber der Last dieser Ungeheuerlichkeiten fühlte er sich nun doch nicht mehr gewachsen.

Er war nur noch müde und einsam.

„Ada", sagte er, „Mutter saß doch ganz allein im Wagen: Sag mir jetzt bitte die Wahrheit. Was ist geschehen?"

Adelaide schwieg.

„Sei doch einmal vernünftig, Ada. Nachdem Josefine offen mit dem Anwalt gesprochen hat, müssen wir jederzeit mit dem Auftauchen der Polizei rechnen."

Adelaide zog jetzt heftig durch die Nase auf und strich sich das Haar zurück.

„Ich habe unverdünnten Essigreiniger in ihre Augentropfen gefüllt", sagte sie befriedigt, „Mutter hatte angeblich so trockene Augen, dass sie sich ständig das Zeug einträufeln musste, es war echt ekelig."

Nachdenklich schien sie sich zu konzentrieren.

„Das Fläschchen muss dann irgendwo auf der Straße gelandet sein."

Sie nickte bekräftigend.

„Ja ganz sicher sogar. Eigentlich hatte ich auch nicht damit gerechnet, dass das ganze am Walserberg passieren würde, ein Unfall war ja nicht vorgesehen, ich hatte mir lediglich eine adäquate Behinderung für sie gewünscht. Vielleicht hätte sie sich nämlich in der Eile beide Augen eingetropft, bevor der Schmerz kam."

„Ada, was hast Du da getan?"
Klaus Lehmanns Stimme kam aus dem offenen Flur. Wie lange er bereits zugehört hatte, wussten sie nicht. Aber er stand da, eine Hand vor den Mund gepresst und auf seinem Gesicht spiegelte sich das blanke Entsetzen.
Langsam drehte er sich um und lief hastig auf die Eingangstür zu.
„Klaus", schrie Ada verzweifelt, „geh nicht fort, Du darfst mich nicht verlassen, ich liebe Dich."
Unbeholfen und blind vor Tränen versuchte Adelaide den Rollstuhl zu wenden.
„Ihr habt mir das Leben gestohlen und meine Liebe" schrie sie, „ich hasse Euch."
Plötzlich stand Klaus wieder an der Tür.
„Ada", rief er, „Ada komm her zu mir, schnell."
Er hatte inzwischen das Gartentor geöffnet, Adas Sportwagen herangefahren und die Beifahrertür weit aufgerissen.
Als Adelaide begriff, dass es Klaus war, der sie zu sich rief, lächelte sie glücklich und entspannt. Rasch setzte sie sich in Bewegung und noch ehe Albert und Josefine begreifen konnten, was da vor ihren Augen ablief, hatte Klaus Adelaide auf den Beifahrersitz gehievt, die Tür zugeworfen und fuhr los.

„Ada", brüllte Josefine, „bleib hier, das hat doch keinen Sinn", aber da war der Wagen bereits außer Sichtweite.

„Man wird sie jagen", sagte Albert, „man hätte das verhindern müssen."

„Man hätte vieles verhindern müssen", verbesserte ihn die Haushälterin.

Albert saß schweigend am Tisch und Josefine machte sich in der Küche zu schaffen. Aber die Entfernung spielte zwischen ihnen keine Rolle mehr, es war als hielte ein Knebelband die beiden ungleichen Menschen gnadenlos aneinandergefesselt.

Als später, nach bitterem Warten, ein Wagen der Funkstreife vor dem Haus hielt und zwei Beamte in Uniform nach Dr. Gschwandtner fragten, wussten Albert als auch Josefine, dass die Flucht der jungen Leute vorbei war. Was mochte jetzt mit ihnen geschehen?

„Kommen Sie herein", sagte Albert, „aber nehmen Sie zur Kenntnis, dass meine Schwester ohne Anwalt keinerlei Aussage machen wird und bereits Gesagtes dürfen Sie nicht verwenden. Sie ist psychisch im Augenblick absolut handlungsunfähig."

„Setzen Sie sich, Doktor", bat der ältere der beiden Männer.

„Wozu soll ich mich setzen?" fragte Albert, „Sie haben meine Schwester festgenommen?"

„Nein, das nicht", kam die zögernde Auskunft. „Aber Ihre Schwester und ihr Begleiter sind vor einer knappen Stunde ums Leben gekommen."

„Wieso ums Leben gekommen?" Josefine versagte die Stimme.

„Ihr Wagen ist in der Nähe von Hof an einem Brückenpfeiler zerschellt."

„Oh Gott." Josefine schloss vor dem schrecklichen Bild die Augen.

„Sie haben sie zu Tode gehetzt", rief sie anklagend.

„Wieso denn gehetzt?" fragte verständnislos der Polizist und fügte, als keine Reaktion von Albert oder Josefine kam, hinzu: „Dem ersten Anschein nach ist der Wagen mit weit überhöhter Geschwindigkeit auf einem geraden, weithin übersichtlichen Straßenstück auf den Pfeiler zugerast, es gibt keinerlei Bremsspuren."

Er hob unsicher beide Hände.

„Sieht ganz nach Absicht aus, es tut mir leid."

Zwei Stunden vor Beginn des Salzburger Turniers saß Bernauer mit Pater Paulus, Markovsky und Giorgio di Angelo in einer gemütlichen Ecke der sonst meist überfüllten Konditorei Tomaselli bei Kaffee und Torte. Wie nicht anders zu erwarten, kam das Gespräch sehr rasch auf den tragischen Tod der zwei jungen Leute.

„Noch nie ist mir ein Fall so an die Nieren gegangen", sagte Bernauer, „schließlich war ich mit Adelaide wirklich befreundet."

„Viva familie", bemerkte Markovsky sarkastisch.

„Mir tut das dumme arme Mädchen unendlich leid", sagte Pater Paulus, „ein schreckliches Ende als Ergebnis einer herzlosen Erziehung."

Di Angelo, dem als Italiener die Familie über alles ging, nickte.

„Dieser Weg war vorgezeichnet", meinte er. „Ungeliebte Kinder werden auch keine liebevollen Menschen und hier ist die Täterin ebenso zu bedauern wie ihre Opfer."

„Ja, sie wurde ziemlich arg betrogen, aber wenigstens nicht um die Liebe ihres Lebens."

In der Stimme des Ordensmannes lag ein nicht zu überhörender Triumpf.

„Leider nur ein sehr kurzes Glück", sagte di Angelo.

„Aber mehr kann wirklich kein Mensch vom Schicksal erwarten", stellte Paulus fest, „der junge Mann hat ihr sogar sein Leben geschenkt, als ihres rettungslos verpfuscht war."

Daraufhin fragte Bernauer lächelnd:

„Ist für Dich als Mann Gottes eine solche Betrachtungsweise denn überhaupt erlaubt?"

Pater Paulus lächelte fein: „Ein himmlischer Cherubim würde das wissen, ich bin nur ein menschlich gebliebener Mönch."

Weitere Titel der Autorin:

Band 1 der Krimi-Reihe
„Die Fälle des Major Joschi Bernauer"

Mörderischer Kontrakt

Hochrangige Mitglieder der eleganten Gesellschaft eines
privaten Salzburger Bridge-Clubs finden auf grauenvolle
Weise den Tod.
Info und Kontakt:
https://www.facebook.com/people/Ingeborg-
Mistlberger/100011903207839

Das e-book und das Taschenbuch sind im Amazon-Kindle-
Verlag unter der ISBN 9781530831760 erhältlich.

Band 2 der Krimi-Reihe
„Die Fälle des Major Joschi Bernauer"

High Heels und Pisse

Major Dr. Joschi Bernauer, Leiter der Mordkommission
Salzburg, ermittelt auf zwei völlig gegensätzlichen
Ebenen, in der Welt des Reichtums und der der Armut.

Das e-book und das Taschenbuch sind im BoD Verlag
unter der ISBN 9783741267437 erhältlich

Band 3 der Krimi-Reihe
„Die Fälle des Major Joschi Bernauer"

Zum Sterben schön

Major Dr. Joschi Bernauer, Leiter der Mordkommission
Salzburg, ermittelt international in allen Facetten des
Glamours.

Das e-book und das Taschenbuch sind im BoD Verlag
unter der ISBN 9783752877007 erhältlich